AWAMURA AKAMITSU
あわむら赤光
【イラスト】kakao
4
転生魔王《てんせいまおう》の大誤算《だいごさん》
有能魔王軍の世界征服最短ルート
JN131570

ククク、知恵比べなら
吾輩は誰にも負けんよ
ぐぬぬ、僕は勝利者で
あり続けなければならない
ベル原、マモ代、サ藤が競う人界攻略ゲーム!
ケンゴーの評価を最も高めるのは誰だ!?

フフフ、本当の知恵者が
誰か証明する機会よ

アタシは傲慢の魔将家の
女としてあらゆる分野で
一等賞じゃなきゃダメなのよ！

プライド高すぎルシ子、たまらず暴走!?
新参者のシト音には負けてられないのよ!

おぉぉおおぉぉおおぉぉお！
気合い入れなさいよアンタたち！

臣下との絆を力に換えて――！
サ藤＆ルシ子との極大合体魔法、発動!!

CONTENTS

The Great Miscalculation of THE DEVIL.

プロローグ
005

第一章
これぞ魔族のサガであるか
017

第二章
バーレンサの末王女
049

第三章
絶対に怒ってはいけない王国征服
075

第四章
君主像
106

第五章
大天使の使命
164

第六章
これぞ魔法技術の粋なるや
188

エピローグ
239

転生魔王の大誤算４
～有能魔王軍の世界征服最短ルート～

あわむら赤光

GA文庫

登場人物紹介
CHARACTER
[イラスト]kakao
ケンゴー
『歴代最高の魔王』と称される魔界最強の男。だが、その中身は人畜無害の高校生で怖そうな魔将たちに日々怯えている。せめて魔王らしくいようと心掛けた結果、勘違いや深読みが重なって臣下から絶大な忠誠を集めることに。
傲慢《ごうまん》の魔将 ルシ子
当代の『ルシフェル』を司る七大魔将の一人。ケンゴーとは乳兄弟の関係にある幼馴染。彼が「別世界の人族だった」という前世の記憶を持っていることを知っているが、それは二人だけの秘密。

憤怒《ふんぬ》の魔将　サ藤

当代の『サタン』を司る、怒らせてはいけない魔将。もう一つの顔を魔王は知らない。

強欲《ごうよく》の魔将　マモ代

当代の『マモン』を司る、独占欲が強い魔将。
作戦会議でも司会進行役は自分のもの。

嫉妬《しっと》の魔将　レヴィ山

『レヴィアタン』を司る、良いとこ探しの魔将。
魔王の一挙手一投足を好意的に解釈する。

色欲《しきよく》の魔将　アス美

『アスモデウス』を司る、あどけなくも艶めいた魔将。魔王の初々しさがお気に入り。

暴食《ぼうしょく》の魔将　ベル乃

『ベルゼブブ』を司る、いつもお腹を空かせた魔将。
彼女に食べることを禁じてはならない。

怠惰《たいだ》の魔将　ベル原

『ベルフェゴール』を司る、深読みに長けた魔将。
頭が回りすぎて魔王を拡大解釈しがち。

プロローグ

草食系男子高生の乾健剛《いぬいけんごう》は、魔王ケンゴーに転生してしまった。

そして、今日も今日とてピンチを迎えていた。

七大魔将たちと花見で集まった、「蒼華繚乱《ブルーブロッサムブルーム》の庭」。

魔王城内にある中庭の一つで、時空を歪《ゆが》めて造園された庭内には、現実時間の七月では季節外れのはずの、ビジュラの花が咲き誇っている。

この樹木は地球に存在しない種で、青い花弁を咲かせることと、完全に散るまでがゆっくりであることを除くと、桜に似ている。

だからメンタル日本人のケンゴーには最初、かえって不気味に見えたのだが、皆でワイワイとやっているうちに目が慣れてきて、「これはこれでアリかな」と思えるようになっていた。

ようやく酒宴を楽しむだけじゃなくて、花自体も愛《め》でる気分になっていた。

なのに、その花木が戦火で焼かれていた。

「今日こそアタシん家《ち》とアンタん家の積年のライバル関係に、終止符を打ってやるわ、サ藤《とう》！」

ルシ子《こ》が「傲慢《ごうまん》」の魔将に相応《ふさわ》しい尊大さで言い放つ。

今日も今日とてブラジャー同然の上着に極ミニスカートという、挑発的なファッション。

それを着こなすレベルの美少女だから、柳眉《りゅうび》を逆立てるとひどく迫力があった。

ふんぞり返って右手だけを突き出し、その掌《てのひら》から光線《ビーム》を撃ちまくる姿も堂に入っている。

対し――

「ルシ子さんみたいな雑魚《ざこ》が吠《ほ》えないでもらえますか？　怒りますよ、僕？」

サ藤が「憤怒《ふんぬ》」の魔将とは思えない冷淡さで受け答える。

まさに紅顔の美少年だが、今は口の端を吊《つ》り上げるように、酷薄《こくはく》な笑みを浮かべている。

本人は微動だにしないまま、周囲に十の魔法陣を展開し、そこから熱線を放って応戦中。

ルシ子、サ藤、どちらの攻撃《まほう》も凄《すさ》まじかった。

さすがは魔族にもかかわらず反則的に光魔法を得意とするルシファー家の姫将軍と、王家に次ぐ最古最大の権門《けんもん》サタン家においても稀有《けう》な才覚を持つ麒麟児《きりんじ》だった。

光線と熱線がぶつかり合うたび、衝撃の余波で樹木が吹き飛び、また根元から炎上する。

「そ、そこまでにせよ、おまえたち！　せっかくの花見が台無しであろうが！」

ケンゴーが大声で制止するも、頭に血が上った二人には聞こえていない。

というか防御魔法で余波から身を守らねば、こっちの命が危うい！

(神様っ！　俺《おれ》なんか悪いことしましたか……！)

君臣水入らずで愉快に宴会していただけなのに。

宮廷料理人が用意してくれた弁当は美味《おい》しかったし、ビジュラはきれいだったのに。

以前は角を突き合わせてばかりだった七大魔将たちが、近ごろはずいぶん仲良くなったものだと油断して喜んでいたのに！

「ええい、埒《らち》が明かないわね！」

業を煮やしたルシ子が飛翔《ひしょう》魔法を用い、雲一つない青空へと高速で翔《か》け上がる。

そこから地上へ向けて、巨大な紡錘形《ぼうすいけい》の立体魔法陣を構築する。

「おお、あれぞまさにルシファー家が秘伝する裁きの矢！」

「知っておるのか、ベル原《はら》⁉」

ケンゴーが真《ま》っ青《さお》になって諮問《しもん》すると、「今上《きんじょう》陛下の知恵袋」を自称し、「怠惰《たいだ》」を司る魔将でもあるM字ヒゲダンディが答えた。

「はい、陛下。あれこそは四代ルシファラント大公が、ソドンムの町を一撃で焼き滅ぼしたと伝えられる極大魔法にございます」

「ヤベーやつやん⁉」

戦慄《せんりつ》のあまり、思わず素の口調が出てしまうケンゴー。

一方、サ藤は平然としたもので、

「どうやら僕を本気で怒らせたいみたいですね、ルシ子さん」

少年の足元――地面に巨大な影の如《ごと》き黒一色の、不気味な魔法陣を展開する。

「おお、これぞまさにサタン家が秘伝する黙示録の蛇！」

「知っておるのか、ベル原⁉」

「はい、陛下。これこそは六代サタルニア大公が、ゴモンラの町を一瞬で呑《の》み込み、滅ぼしたという極大魔法にございます」

「ルシ子のと比べてどっちがヤベーやつなんだ⁉」

「ハハハハ、お戯《たわむ》れを。それをこれから術比べにて、確かめるのではありませぬか」

まるで世紀の一大ショーを見物する観客の如く、瞳《ひとみ》を輝かせるベル原。

ケンゴーはノリについていけず、ひたすらゲッソリ。


その間にもルシ子とサ藤が、互いへと向けて極大魔法を撃ち放つ。

地上を灼《や》かんと奔《はし》る光と、大空すら呑まんと伸びる闇《やみ》の、真っ向勝負。

激突し、押しては引いてと鬩《せめ》ぎ合い、拮抗《きっこう》したままにわかに勝敗がつかない。

い、い、い、その間ずっと、とんでもない余波が周囲を蹂躙《じゅうりん》する。

「ほげえええええええええええええええええええええっ」

ケンゴーは全力で防御魔法を展開しなければ、木端の如く吹き飛ばされるところだった。

ベル原以下、他《ほか》の魔将たちも各自で魔法を駆使し、身を守る。

「いやー、妬《や》けるほどに爽快な光景だなー」

「さもありなん。ルシファー家の裁きの矢とサタン家の黙示録の蛇がぶつかり合うなど、観測史上初めてのことなのだからな」

「眼福、眼福♪」

彼らはケンゴーと違って日常茶飯事のように、衝撃の嵐《あらし》の中でも談笑する精神的余裕がある。

一人、「暴食」を司るベル乃《の》だけは魔法がド下手なので、ケンゴーが傍《そば》で守ってやらなければならなかった。

いや、このお胸もお尻《しり》もお身長もおっきな健康優良娘は、魔界随一の頑健なお肉体を持っているので、放っておいても凄まじい衝撃波の中、平気で弁当を食っている可能性が高い。

ただその弁当の方が無事ではすまないわけで。

エサをなくしたベル乃が「妖怪《ようかい》オナカスイタ」に化けた日には、事態がよけいに重症化してしまうので、ケンゴーとしては見過ごすわけにはいかなかったのだ。

「……優しい陛下、好き」

「今、聞いてもうれしくない！」

「……一緒にお弁当、食べる？」

「今、そんな場合じゃない！」

もしゃもしゃ弁当を食べ続ける「暴食」さんに大声でツッコミながら、ケンゴーは必死で魔法陣を展開し続ける。

ルシ子とサ藤の極大魔法が結局、対消滅するまでずっと！

一方、魔将たちはその結果を見て、

「なんだ、引き分けか。ルシ子かサ藤、どちらか消し飛べば面白《おもしろ》かったのに」

「なんとも外連《けれん》と言おうか、派手なだけじゃったな」

「いやいやオレちゃんは嫉妬《しっと》と興奮を禁じ得ないね。これもまた名勝負の醍醐《だいご》味《み》ってやつさ」

「うむ。言い得て妙であるな」

「……お腹空《なかす》いた」

ワイワイガヤガヤ、あくまで平常モードの魔将たち。

また極大魔法同士が相殺《そうさい》した結果、ルシ子とサ藤は全くの無傷。

その一方で、「蒼華繚乱の庭」はあたかも「戦火燎原《りょうげん》の庭」と化していた……。

素晴らしいお花見スポットが、見るも無残な焦土《しょうど》と化していた……。

「オマエラいい加減にしなさい！　諍《いさか》いの原因はなんだ⁉　さっきまで仲良く花見してただ

ろうが⁉　何がオマエラをここまでの闘争に駆り立てるんだ⁉」

ケンゴーは声の限りに訊《たず》ねる。

原因がわかれば、仲裁のしようもあるんじゃないかと考える。

というか多分、「嫉妬」を司るチャライケメン・レヴィ山《やま》がやってくれる！

だというのに――

「お願い止めないでケンゴー！　アタシはこいつを許すわけにはいかないの！」

（だからその理由を教えろってんだよルシ子おおおおおっ）

「そうやってケンゴー様に媚《こ》びるしか能のない佞臣《ねいしん》が、舐《な》めた口を。僕はもう怒りました」

（むしろ火に油注《そそ》いでるしよおおおおおおおおおおおおっ）

仲裁どころではない、険悪ムードを際限なく盛り上げていくルシ子とサ藤。

「ハァ？　あんたこそ男のくせにケンゴー様、ケンゴー様って媚び媚びでキモいのよ！」

ルシ子がさっきより巨大な立体魔法陣を展開した。

「おお！　あれこそはルシファー家の裁きの槍《やり》‼」

（お願いだからもうやめて……やべて……）

ケンゴーは天へ向かって内心で拝み伏す。

「……よりにもよって僕の忠義を、奸臣《かんしん》の阿諛《あゆ》と同列に語るか。あまり僕を怒らせるなよ？」

サ藤がさっきより真っ黒な影型魔法陣を展開した。

「おお！　あれこそはサタン家の黙示録の竜‼」

（やめてえええええええええええっ）

ケンゴーは頭を抱えすぎて後ろへ仰《の》け反《ぞ》る。

どうして七大魔将《コイツラ》が使う魔法はそろいもそろって「エターナルフォースブリザード。効果：相手は死ぬ」どころか「効果：世界が滅びる」みたいなやつばかりなのか！


いや――嘆《なげ》いている場合ではなかった。

実際、ルシ子とサ藤の練り上げる魔力があまりに莫大《ばくだい》で、時空が軋《きし》み始めていた。

想像してみて欲しい。

空気を過剰注入される風船が、どんな末路を迎えるかという話だ。

魔法によって人工的に造られた空間であるこの庭自体が、悲鳴を上げているわけだ。

まして二人の極大魔法が再激突すれば、その余波で内側から破裂するだろう！


「STOOOOOOOOOOOOOOOOOP！！！！！」

ケンゴーは矢も楯《たて》もたまらず、二人のバトルに割り込んだ。

天地にわかれてにらみ合う両者の、ちょうど中間地点へ飛翔魔法で滑り込んだ。

己《おのれ》が極めた防御魔法を緩衝材と為《な》し、両家の秘伝魔法を中和する以外に、この庭園《せかい》を守る術《すべ》はない!!


恐怖で震え上がりながらも、悲壮な覚悟で身を挺《てい》したケンゴー。

ところが、事態が思わぬ方向へ転がった。

「ちょ、どいてよケンゴー！　アタシがもし弾《はず》みで撃ってたらどうするわけ⁉」

とルシ子が慌《あわ》てて魔法陣を消失させれば、

「あぁあぁあおどきくださいケンゴー様！　そこはいま大変に危険な場所でしゅううぅっ」

とサ藤も極大魔法をキャンセルしてその場に額《ぬか》ずく。

なんと一件落着である。

(最初からこうすればよかった……っ)

思わず白目を剝《む》くケンゴー。

しかしヘタレチキンの彼に、最初からそんな勇気が出せるわけもないのだった。

†

「――で？　諍いの原因はいったいなんだったのだ？」

事態が収束した後で、ケンゴーは改めて両者に訊ねた。

ルシ子もサ藤も花見用の敷物の上で正座する、反省スタイル。

さもしおらしげにしているが、しかし未《いま》だ互いにそっぽを向いたまま、遺恨《いこん》アリアリ。

およそ、よほどの事情があったのであろうが――

「アタシが食べる予定だった卵焼きの最後の一個、こいつが盗《と》ったのよ」

「違います。あれは僕が最初から確保していたものです」

ルシ子とサ藤は頬《ほお》をふくらませると、大真面目《おおまじめ》に答えた。

（…………は？）

そんなしょうもない理由で……？　こいつらバチバチにやり合ってたわけ……？

あの時空震撼《しんかん》魔法バトルを？？？？？

「ハァ⁉　確保してたってんならアンタの名前でも書いときなさいよ！」

「ルシ子さんこそ『強奪された自分が間抜けでした』と吹聴するのは恥ずかしくないですか？」

「そもそもケンカする前にシェフにもう一回、作ってもらえばいいだけやろ！」

ケンゴーは全身全霊を懸けてツッコまずにいられなかった。

オマエラもう暴食の魔将家《ベルゼブブさんち》のベル子ちゃんと強欲の魔将家《マモンさんち》のマモ藤くんになっちまえよ。

（いつになったら本当に仲良くなってくれるんだろうか……）

ドッと疲れが出てきて、ケンゴーはその場で両手両膝《りょうひざ》をつく。

いや、ケンカするほど仲が良いという言葉もあるし、側近同士でギスギス冷戦状態よりは、遥《はる》かにマシな状況なのかもしれない。
こっちも胃が痛くないのかもしれない。
でも事あるごとに時空震撼魔法バトルが勃発《ぼっぱつ》するのは困る！
巻き込まれるのはもっと困る!!
(神様……俺なんか悪いことしたんですかねえ……)
ケンゴーは涙ぐんで天を仰《あお》いだ。
今日も青空がやけに眩《まぶ》しかった。
魔法で造った偽物《イミテーション》の空だけど。

第一章　これぞ魔族のサガであるか

「もうヤダようあいつらすぐ暴力に訴えるんだもん。躊躇《ちゅうちょ》がないんだもん。むしろ喜々としてるんだもん」

ケンゴーは弱音を吐き散らかしていた。

花見が終わった後というか、肝心の花が燃え尽きて解散となってしまった後のことである。

場所は最上階にある魔王の居間。ソファの上。

現在、女官たちに人払いをさせているが――泣き言を聞いてくれる相手はいた。

レヴィ山《やま》の妹で金髪碧眼《へきがん》褐色肌の美人、シト音《ね》である。

先月から魔王城の住人となっていて、今日も花見に誘うつもりだったのだが、発案者のマモ代《よ》が「我が陛下《マインカイザー》と我ら七大魔将の結束力をより強めるための懇親会ですゆえ、他《ほか》の者にはご遠慮いただく。特にレヴィ山の妹!!」となぜか言い張って譲らなかったので、ケンゴーもまあそういう趣旨ならと諦《あきら》めざるを得なかった。

シト音はとても奥ゆかしい性格ということもあり、歓迎されていないところへ強引《ごういん》に連れていったところで、かえって彼女の方が心苦しいだけだろう。

ケンゴーはヘタレチキンなのでその手の空気はよく読めるし、シト音が楽しめなければ誘う意味もない。

そして、花見が予定よりだいぶん早く終わったのと、シト音を一人にしてしまった埋め合わせで、午後のお茶に誘ったという経緯だった。

だったのだが――

「サ藤《とう》のことはさ、めっちゃ可愛《かわい》い弟分みたいに思ってるのよ。この俺《おれ》よりも気が弱い奴《やつ》だと思ってるし、周りの凶暴な魔将《ヤツら》から俺が守ってやんなきゃって思ってるのよ。だけどあいつ、時々すんげー恐ろしい奴になるのよ。だから俺もうあいつのことがわかんなくって」

ケンゴーはお茶そっちのけで、愚痴大会になっていた。

シト音が膝枕《ひざまくら》をしてくれる、その膝に顔を埋めて泣き言をこぼしまくっていた。

「サ藤様を弟御のように大切になさる、ケンゴーさまのそのお気持ちはとてもステキですわ。そして、人の心は単純ではないものです。ですからケンゴーさま、ぜひその『お恐《こわ》いサ藤様』ごと可愛がって差し上げるような、そんなお気の持ちようでいらっしゃるのが大事ではないでしょうか」

シト音も真摯《しんし》に愚痴に耳を傾けてくれる。

ケンゴーの髪を愛《いと》おしげに撫《な》でながら、慰めてくれる。励ましてくれる。

「俺にできるかなあ……？　ヘタレチキンにできるかなあ……？」

「ケンゴーさまならきっとできますよ。万難を排して、私めを救ってくださったお方ですもの」

「ほんとぉ……？」

「ええ、シト音の保証でございますとも」

彼女は情欲を操《あやつ》るシトリー大侯《たいこう》と、誘惑の天女アプサラスの間に生まれたサラブレッド。

ケンゴーの頭を撫でる手つきは優しいだけではなく、どこか官能的である。

囁《ささや》き声は慈愛に満ちたものなのに、同時にどこか蠱惑的《こわくてき》でもある。

何よりこっちの気持ちをわかってくれて、その上でかけてくれる思い遣《や》り溢《あふ》れる言葉の数々。

それら全部がぬるま湯のように心地よくて、ケンゴーは沼にハマるようにますます甘える。

シト音もそんな男に失望するでも軽蔑《けいべつ》するでもなく、ひたすら蕩《とろ》けさせてくれる。

「そんでルシ子《こ》の方はさ、乳兄妹《おさななじみ》の贔屓目《ひいいきめ》なしにイイ奴なんだよ。口は悪いけど根は優しいし」

「存じております。ルシ子様は私めが魔王城に来てからというもの、何かと困っていないか、不自由していないかと、たびたびお気を遣ってくださるのです」

「あいつ、面倒見いいよなー。『そんなのアタシの「傲慢《プライド》」にかけて当然よ！』ってルシ子は言うけどさ、なかなかできることじゃないよなー」

「はい。ケンゴーさまとご同様に、ステキな方だと思います」

「なのにあいつ、めちゃくちゃケンカッ早いんだよ！　ちょっとでも煽《あお》られたらもうダメなの、バトらずにいられないの」

「誇り高いお方ですから、そういう面があるのも仕方がないことかもしれませんね」

「だからって限度があると思うんだよー。普段、あんなにイイ奴だけに残念でならなくてさー」

ケンゴーは人差し指の先でいじいじと円を描く。

膝枕してくれているシト音の太ももに。

それがこそばゆかったのか、シト音がクスクスと笑いながら、お返しとばかりにケンゴーの耳たぶの敏感な部分を、触れるか触れないかのタッチでくすぐってくる。

ケンゴーもさらに反撃で、シト音の膝裏の柔らかい部分に人差し指を突っ込んでくすぐる。

お互い遠慮なしで、じゃれ合う。

と、まさにそのタイミング――


「こっちに気配を感じたんだけど、ケンゴーいるー？」


ルシ子がいつもの調子で、バァァァンと扉を開けて乱入してきた。

人払いの意味なし！

まあ、この乳兄妹《おさななじみ》相手なら隠す必要もないのだけれど。

一方でルシ子は得意絶頂、

「サ藤と一緒にビジュラの種を蒔《ま》いて、促成魔法かけて、ちゃんと庭を元通りにしといたわよ！　アタシはちっとも悪くないんだけど！　べべ別に反省なんてしてないんだけど！　美しい草木を愛するアタシの心がね、庭が燃えっ放しじゃ痛むからね！」

向こう見ずなところがある乳兄妹《ちきょうだい》は中の様子も確かめず、傲慢《ツンデレ》発言を一方的にまくし立てる。

「まあ！　さすがはルシ子様、そのお心映えこそとてもお美しいですっ」

と、すっかり感心した様子で褒《ほ》め称《たた》えるシト音の声を聞いて、そこで初めてルシ子はケンゴーが褐色美女に膝枕されていることに気づいたようだ。

途端、柳眉《りゅうび》をこれでもかと逆立てて、

「アタシもやりすぎたなって思って庭を直してる間にアンタたちナニしてんのよおおお⁉」

「やっぱ反省してんじゃねえか……」

だったらそうと素直に言った方が可愛いのに……。

「てかアンタたち最近、仲良すぎじゃない⁉」

「いやだって実際、仲良くしたいし……」

「はい♥　ケンゴーさまにはとてもよくしていただいております♥」

ケンゴーたちが率直に答えると、ルシ子は地団駄《じだんだ》踏んで、

「だからって限度ってもんがあると思うわけ！　アタシは！」

「言うて、俺が愚痴を聞いてもらってただけで……」

「はい♥　傷心のケンゴーさまをお慰め申し上げておりました♥」

ケンゴーたちが端的に答えると、ルシ子が地団駄で床を踏み砕いて、

「そこよ、そこぉ！　なんでアンタ、そいつの前で素顔をさらけだしてるわけぇ⁉」

「や、だってシト音にはもうヘタレチキンってバレてるし……」

「はい♥　ケンゴーさまはとても繊細《せんさい》なお方ですので、慈しんで差し上げたいのです♥」

ケンゴーたちが正直に答えると、ルシ子は地団駄で床下まで踏み抜いて、

「ハァァァァ⁉　いつの話よそれっ⁉」

「え……や、それは……」

「はい♥　元夫《もとおっと》の命令で、私めがケンゴーさまに夜這《よば》いした時でございます♥」

ケンゴーが言いよどむと、シト音が素直に答えた。

「ハァァァァァァァァァァァァァァ⁉　夜這いですってぇぇぇぇぇぇぇぇぇぇぇ⁉」

ルシ子が地団駄の衝撃で床を陥没させ、階下に落ちていった後、飛翔《ひしょう》魔法でまた戻ってくるまでの間ずっと絶叫していた。

笑うわけにもいかないし、どんな顔をしていいかわからないケンゴー。

一方、ルシ子は詰め寄ってくるや、互いの鼻先が触れるほどの至近距離からガン付けし、

「どういうことか詳しく聞かせてもらいますからね？」

「いやでもマジで未遂ってか、なんもなかったんだよ、なんも！」

「ケンゴーさまを責めないでください、ルシ子様。ケンゴーさまは紳士でいらっしゃいますの

で、私めなどの誘惑に流されるどころか、逆に自愛せよと諭《さと》してくださったのです。さらには自らの弱みをさらけだすことによって、お手付けにならないのは決して私めに魅力がないからではないと——女に恥をかかせないようにとご配慮までくださったのです」

「そ、それはこいつらしいけど！　らしいけどおおおおっっっ」

納得はできるけど納得をしたくない！　とばかりに、ルシ子も複雑な心境がもどかしいのか、また激しく地団駄を踏みながらわめく。

乳兄妹がまた床を陥没させないか、今度は巻き込まれないかケンゴーが心配していると、

「いいわよ！　わかったわよ！　アンタがヘタレチキンだって秘密を知る奴が、アタシ以外にも一人、増えましたあ！　まあいつかは起こり得る事態ですう！　でもね！」

プツンと、ルシ子の頭の中で何かが切れる音が聞こえた気がした。

「で、でも？」

そんなルシ子の剣幕に、ケンゴーはたじたじになりながら訊《たず》ね返す。

すると——予想だにしない過激行為を、この乳兄妹はおっ始めた。

ブラ同然の上着をむんずとつかむや、すっぽーんと気風《きっぷ》よく脱ぎ捨てたのだ。

ただ大きいだけでなく、乳首の先まで形の良いおっぱいが「ぶるんっ」とまろび出て、思わずケンゴーは視線を釘付《くぎづ》けにさせられる。

生唾《なまつば》を飲まされる。

さらにはルシ子はケンゴーをかっさらうように抱き上げ――魔力で筋力を高めることのできる魔族ならではの荒業《あらわざ》だ――居間に隣接する寝室へと猛ダッシュした。

啞然《あぜん》となるシト音を置き去りにした。

「ルシ子さん⁉　ナニ考えてんのルシ子さああああん⁉」

「アタシは傲慢《ルシファー》の魔将家の女として、あらゆる分野で一等賞じゃなきゃダメなのよ！」

「だからってまさかまさかまさか⁉」

「夜這いが未遂だなんて詰めが甘いわね、シト音！　べべべ別にケンゴーのことなんてアタシはなんとも思ってないけど、アタシがこいつの初めての女になって順番でも唯一性でも勝ち逃げキメるとこを見せてあげるわ！」

「おまえもう自分でも何を言ってんのかパニックだろ⁉」

「このアタシを本気にさせたことを後悔しなさいアンタらあああああああっ」

「本気になる前に正気になってくれえええええええっっっ」

ここまで半狂乱になるルシ子も珍しかった。

ケンゴーは説得を断念するしかなかった。

ゆえに――

瞬間移動魔法を駆使し、逃げる以外なかったのである。

「ニンのヘタレチキン！」とルシ子に拗《す》ね散らかされながら。

「まさか一日に二度もルシ子が暴走するとは……」

応接用のソファに浅く腰掛け、ケンゴーはぼやく。

「ハハッ。あいつ花見の後も、また何かやらかしたんですか？」

レヴィ山が軽薄に笑いながらも、恭《うやうや》しくお茶を出してくれる。

†

魔王城内には、各魔将たちとその郎党のために宛《あ》てがわれた一角が、計七か所存在する。

この辺りはレヴィアタニア大公家のためのエリアで、この部屋は大公自身が貴賓《きひん》を招くのに使う応接室である。

レヴィ山の趣味の良さが反映されているのだろうか？　調度も内装も地味ではないが華美すぎない設《しつら》えとなっていた。

ルシ子の頭が冷めるまで、逃げられるならどこでもよいと駆け込んだケンゴーだが、期せずして寛《くつろ》ぐことができる。

自分の方こそ気持ちが落ち着いてくる。

苦笑を浮かべる余裕もできて、

「ちょっとシト音を相手に、対抗意識を燃やしたようでな」

と、対面に腰を下ろしたレヴィ山へ説明した。

言葉を濁したのは、あまり詳細にするとルシ子に恥をかかせてしまうからという配慮。

レヴィ山も察して深くは追及せず、

「確かにルシ子も魔界屈指の美少女ですが、妍《けん》を争わせたらウチの妹も負けてませんから」

おどけた態度で兄バカを演じ、ケンゴーをさらに愉快にさせてくれようというこの心遣い。

逃げる先をレヴィ山のところにしてよかったと、ますます確信させてくれる。

（このお茶も美味《うま》いしな！）

陶磁器のカップに口をつけ、ケンゴーはすっかりご満悦。

茶葉の厳密な良し悪しや産地がわかるほどグルメではないが、自分の舌に合っているかどうかの判断くらいはできる。

爽《さわ》やかな香りの後に、すっきりした甘みが残るのが美味い。

「砂糖じゃないよな。何か入れたか？」

「はい、我が君。隠し味を少し」

でも種を明かしたらそれはもう隠し味ではないからと、レヴィ山は小粋《こいき》にウインクする。

ケンゴーもなるほどと、この美味い茶を純粋に舌で味わうことにする。

それから——

「七大魔将同士に結束して欲しいと余が望むのは、高望みにすぎぬのであろうか？」

気遣いをさせたら魔将でも随一のレヴィ山に、率直に諮《はか》る。

するとレヴィ山は本気で心外そうに、

「歴史的に見れば、確かに難しいと言えるでしょうね。ですが、ケンゴー様は例外中のご例外、嫉妬《しっと》を禁じ得ないレベルのカリスマをお持ちです。だから今の七大魔将は史上、あり得ないほどに結束してますよ？」

「誠かあ？　卵焼き一個で時空震撼《しんかん》魔法バトルだぞお？」

「いやいやこれマ、これマですってば。実際この間、シト音を助けるのにみんなが力を貸してくれたじゃないですか。あれなんてオレちゃんからしたら、信じ難《がた》い話でしたよ。ぶっちゃけ感動しました」

「したよな！　だからこそ余も、ようやく皆が仲良くなってくれたのかとばかり……」

「めっちゃ仲良くなってますってば～。例えばオレちゃんですが、ベル原《はら》こそ数十年来の友人ですけど、他の連中とは疎遠というか、悪い意味でライバル視してました。昔はルシ子のことは**いけ好かない高飛車**だと思ってましたし、アス美《み》のことは**胡散《うさん》臭いロリババア**って思ってました」

「そこまでかよ……」

他の魔将たちも五十歩百歩だと思うと、まさに犬猿の仲としか言いようがない。

「比べれば今や、雲泥《うんでい》の差でしょう?」

「ううむ、確かに」

「ただまあ……マモ代とサ藤は、まだ壁を感じますかねえ」

「ふむ。しかし、今日の花見を提案してくれたのはマモ代だぞ?」

「あれはウチのシト音を殊更《ことさら》にハブってイビろうっていう、あいつらしいやり口ですよ」

レヴィ山はへらへら笑って言った。

「……えっ」

「シト音がにわかに我が君のご寵愛《ちょうあい》を得ているのを、マモ代は気に食わないんですよ」

へらへらしつつもレヴィ山の目は、ちっとも笑っていなかった。

恐いからケンゴーはそれ以上、掘り下げないことにした。

話を戻して、

「壁を感じるか。クールなマモ代はともかく、サ藤からもか?」

「もちろん、オレちゃんたちは我が君の臣下ですから、我が君のお役に立つっていう目的さえ全員一致していれば別段、仲良しこよしでいる必要はないですけどね」

（俺としては仲良しこよしでいて欲しいんだけどなあ……）

あんまり主張すると「この魔王、軟弱すぎん?」と見縊《みくび》られて威厳が下がる羽目になりそうなので黙っておく。

「サ藤なんかはその最たる奴だって思いますよ。我が君への忠義は比類ないですけど、オレちゃんたちへの興味なんてほぼゼロじゃないですかねー」

「そ、そこまでか……？」

以前のケンゴーなら「あんな可愛いサ藤に限ってあらへんやろ！」と否定しただろう。

だが、最近はサ藤のことがよくわからなくなっているのも事実。

なので一旦《いったん》、レヴィ山の言葉を呑《の》み込む。

「すると卵焼き一個で時空震撼魔法バトルを始めたのも、サ藤だからということか？」

卵焼きをとった相手が例えばアス美だったら、ルシ子《ルシこ》とのバトルはなかったか？

「ああ、それはまたちょっと複雑な問題ですね。『傲慢』のケンカっ早さは『憤怒《サとう》』に負けず劣りませんし。ケースバイケースかと」

「相手がアス美やおまえであっても勃発《ぼっぱつ》は起こり得ると？」

「というか逆に、この問題をシンプルに説明することもできますよ」

「ほほう。ぜひ聞かせて欲しい」

ケンゴーは前のめりになって諮問《しもん》した。

レヴィ山ももったいぶりはせず、端的に答えた。

「オレちゃんたち魔族は、そもそも争いごとか好きなんです」

そこかあ……。

話はそこに行きつくのかあ……。

「ルシ子も喜々としてバトってたもんなあ」

思わず頭を抱え、ケンゴーは嘆息した。

「我が君にはご理解できない心情なのも、致し方ないと思います」

(うん俺、平和主義者だし……)

「いと穹《たか》きケンゴー魔王陛下と比べれば、他の何者であろうと『大人と子ども』の差ですから
ねえ。我が君がガキ相手に争う気が起きないのも当然のことかと」

(そっちかい！　違うよ俺がヘタレチキンだからだよ！)

「でも、例えばオレちゃんとベル原が魔人将棋を指すとするじゃないですか。そりゃもう何も
賭《か》かってなくてもガチンコですよ。定石だの奇襲戦法だのの話どころか、盤外戦だって駆使し
ますし、相手が油断したら即イカサマです」

(そ、そこまでやるぅ？)

「ね？　我が君からしたら引くレベルで争うのが、オレちゃんたちごくフツーの魔族なんです。

でもそれはベル原が憎いからやるわけじゃ決してなくて、お互いに楽しいからそこまで本気に

なるだけで、勝負が終わったらいつも肩組んで酒飲んでますよ」

「な、なるほど……」

遺恨《いこん》が残らないのならケンゴーとしても、どれだけバチバチにやってくれても胃は痛くない。

むしろ他人の真剣勝負に水を差すのは、野暮《やぼ》だとさえ思う。

ただし、それでも時空震撼魔法バトルはやめて欲しいが！

「いやはや、いろいろ腑《ふ》に落ちたぞ。やはりレヴィ山に諮ったのは正解だったな」

「お褒めに与《あずか》り恐悦至極です、我が君」

「加えて、良いことも思いついた」

それが本当に使えるアイデアかどうか、ケンゴーは脳内検討を始める。

頭脳労働をしていると、甘めの紅茶がなお染《し》み入る。

レヴィ山が如才《じょさい》なくポットから追加を注《そそ》ぐ。

と同時に、なぜかソファのこちら側――ケンゴーの隣に腰を下ろしてくる。

「ど、どうした？」

「はい、我が君。オレちゃんはルシ子がサ藤とバトッた話よりも、ウチの妹とやり合ったって話の方に関心がございましてー」

「い、言うて別にシト音に強く当たったとか、そんな真似《まね》はしていないぞっ？」

慌《あわ》てて執り成すケンゴー。

（妹のケンカを兄貴が買おうとか、そういうノリはやめてくれよな！）

と内心、気が気でない。

一方、レヴィ山は訳知り顔。

「わかってますとも。ルシ子は弱い者いじめするような性格じゃない」

（じゃあ、いったいなんの関心があるのよ？）

意図を測りかねているケンゴーに、レヴィ山は続けた。

「オレちゃんは今まで、我が君の正妃にはルシ子を推してたんですよ。あいつなら釣り合いもとれていますし、何より乳兄妹だけあって我が君とも仲睦《なかむつ》まじいですしね」

「はあ……それはまた遠い未来の話だな」

ケンゴーはまだ十六歳だし、結婚を考えるべき年齢でもない。

それこそレヴィ山なんかは百ウン十歳で未婚なのだし。

「でもルシ子には悪いけど、あいつを応援するのはやめました。**これからはシト音を推します**」

「ファッ⁉」

まさかの話が飛び出して、ケンゴーはびっくり。

しかしレヴィ山はグイグイ距離を詰めてきて、

「ねえ、我が君。ウチのシト音だってイイ女だと思いませんか？　ルシ子にだって負けてないと思いませんか？　いや、むしろ勝ってると思いませんか？」

「あー……うー……それはだなー、女性の魅力は勝ってるとか負けてるとかではなくてだなー」

ケンゴーとしては避けたい話題だった。

言葉を濁すしかなかった。

でもレヴィ山はさらにグイグイとプレゼンを続けて、

「いと穹《たか》きケンゴー魔王陛下に相応《ふさわ》しい正妃とは、並び立つような女傑《じょけつ》でなくていいと思うんですよ。政軍両面、我が君お一人で事足りちゃうんだし。それよりもお忙しい我が君の憩《いこ》いとなり、君主に付き物の孤独をそっとお慰めできるような——日向《ひなた》ではなく陰でお支えできる女の方が適していると思うんです。その点、勝ち気でクソめんどい性格しているルシ子よりも、ウチの妹はストレートに癒《いや》し系ですしね」

「いや、シト音が素晴らしい女性なのは、余とて重々わかっているのだ。だから、そんなに必死に売り込まずとも——」

「もちろん、シト音はベッドの上でも癒し系ですよ。それでいて体つきはルシ子よりどすけべですしね！」

「兄の口からそういう下世話な話を聞きたくない！」

耳を塞《ふさ》ぐ代わりに大声を出すケンゴー。

しかしレヴィ山の赤裸々な言葉のせいか、生々しい記憶が蘇《よみがえ》ってくる。

例えば——

シト音が夜這いしてきた時に目の当《ま》たり《あ》にした、褐色の肌の艶《なま》めかしさを。

触れた乳房の柔らかさを。

膝の上に乗った彼女の尻《しり》の弾力を。

まださほど遠くない記憶だ。

思い出すごとにケンゴーの体は熱くなり、喉《のど》が渇《かわ》く。

自分とて男ではあるが、ここまで女体に渇望《かつぼう》を覚えるタチだったか？

ヘタレチキンではなかったのか？

紅茶を飲み干し、なお喉とシト音の肢体《したい》を求める渇きは癒されず、レヴィ山にお代わりを所望し、それでもなお――と、くり返して違和感に気づいた。


「おまえ、紅茶になんか盛った？」

「実は採取していたシト音の涙を、隠し味に一滴」


「変だと思ったよチクショウ！」

悪びれもせずウインクするレヴィ山に、ケンゴーはツッコんだ。

情欲を操る大悪魔と天女のサラブレッドたるシト音の涙には、どうやら彼女に欲望を抱いてしまうような催淫《さいいん》効果があるらしい。

「誰が我が君の正妃の座を奪い取るか、これは他の女たちとの勝負ですからね」

と、レヴィ山はぬけぬけと言った。

そして競争となれば、手段を選ばない、と。

「余に対する申し訳なさとかはないわけ⁉」

「シト音を正妃に迎えていただければ、御身《おんみ》は絶対に幸せになりますっていう、あくまでその一心ですしねえ。オレちゃんも別に外戚《がいせき》になって宮廷を壟断《ろうだん》しようとかって気はないですし、この忠義に懸けて疚《やま》しいところはございませんとも」

決して自己正当化しているわけではなく、屈託《くったく》のない口調と表情でレヴィ山は答えた。

(だからこそよけいにたちが悪い……)

善意で一服盛ってくる「忠臣」に、ケンゴーは半眼にさせられた。

しかし、これが――これこそが魔界クオリティなのである。

†

それから二日が経過した。

この日は午後から、七大魔将たちとの会議が予定されている。

ケンゴーは魔王城最上階、「御前会議の間」へと向かう。

既に魔将たちはそろっており、一堂に会する。

「宰相らの協力もあり、ベクター王都の復興は恙《つつが》なく完了いたしました――」

と司会進行役を務めるのは、例によってマモ代。

会議の主導権も己《おの》がものにしないと気がすまない「強欲」の魔将で、すこぶるつきの女体を厳《いか》めしい軍服でラッピングした美女。

「――これにより我が陛下《マインカイザー》の覇業であらせられるところの、人界征服をいよいよ再開する段となりました」

「うむ、その通りだ」

いつもならば世界征服なんて憂鬱《ゆううつ》なだけのケンゴーだが、今日は少しだけ気が軽かった。

レヴィ山のおかげで思いついたアイデアが胸中にあったからだ。

声まで弾《はず》ませて、魔将たちに告げる。

「まずは大臣らと連携をとり、『断罪《ダムナ・ティオ》』の天使に焼かれたベクターをこの短期間で立て直してくれた、おまえたちに礼を言おう」

「とんでもないことでございます、陛下！」

「け、け、ケンゴー様のご命令とあれば、僕たちなんでもいたしますっ」

「べべべ別にアンタなんかにお礼されてもしょうがないけど、ま！　悪い気はしないわね！」

ケンゴーに褒められて、心底うれしそうな魔将たち。

そんな一同へ向けて、

「以後のベクターにおける統治政策は宰相らに委《ゆだ》ね、おまえたち七大魔将には続くサイラント地方の侵略作戦において、本領を発揮してもらうことになる」

「はい、陛下！　勅命賜《ちょくめいたまわ》りました、陛下！」

「ぜひこの妾《わらわ》に任せてたも」

「いいや、御身の知恵袋たるこのベル原にぜひ！」

「ファファファ、まあ待て。おまえたちの意気込みは買うが、急《せ》くでない」

ケンゴーは鷹揚《おうよう》の態度で笑いながら、司会のマモ代に目で合図する。

マモ代は恭しく一礼すると、指揮鞭《しきべん》を振って術式を編み、得意の幻影魔法を発動。

年代物の会議机に大きく地図を映し出した。


サイラント地方は東西二つの山脈に挟まれた、豊穣なる平原地帯である。

マモ代が事前に用意してくれた会議資料によれば――

かつては五十もの諸侯たちが群雄割拠していたが、戦によって弱きは屈し、強きに呑まれ、最終的に勝ち残った三つの王国に統合された。

これが、およそ百年前。

以後は互いに反目と共栄をくり返しつつも、大きな戦争には至っていないのだとか。

地理的には、西の山脈を挟んでベクターと隣接するホインガー王国から順に東へ、カフホス、バーレンサと続く。

国力的には逆順で、バーレンサが最も栄えているという。

「本来ならばホインガーから順に、一国ずつ攻め陥《お》としていくべきであろう。しかし、それではなんともまだるっこしいし、何より普通すぎてつまらんと思わんか？」

ケンゴーは魔王風をビュンビュン吹かせながら、配下らに同意を求める。

「はい、我が陛下《マインカイザー》」

「ぼ、僕もそう思いますっ」

「そこで余は三国同時に侵略することを決定した」

「おお！　さすがはいと穹《たか》きケンゴー魔王陛下！」

「まさに気宇壮大とはこのこと。オレちゃん、嫉妬しますわ」

「さらには、おまえたちのいずれか一将に一国の攻略を任せ、誰が最初に征服できるか、それを競うという趣向はどうだろうか？　面白《おもしろ》いと思わんか？」

「なによ、アンタにしちゃ気の利《き》いたアイデアじゃない！」

「血が滾《たぎ》ってくるのう」

（よっしゃ。ここまではＯＫ）

ケンゴーの目論見《もくろみ》通り、七大魔将たちは釣り堀の魚の如《ごと》く食いついてきた。

何しろ彼ら魔族というものは、勝負事が大好きで争い事に目がないのだから！

ケンゴーは内心しめしめ、本題に入る。

「だが一方で、余はこうも考える――おまえたちほどの実力者にとって、たかだか人族の国家一つを征服する程度、赤子の手をひねるように容易なことなのではないか？」

「まあね！　このアタシにとってはまさに朝飯前の話ね！」

「……朝ごはん？　食べる、食べる」

「すると、ただ普通に競い合ったところで興醒《きょうざ》めではないか？」

「なるほどのう。あまりに簡単すぎては、せっかく競い合っても面白みに欠けるというもの」

「ケンゴー様の、お、お、仰《おっしゃ》る通りです！」

「そこで余は一考した――」

ケンゴーは内心ビビりつつ、でも悟られないように殊更《ことさら》エラソーな態度を意識する。

恐らくどこからも反対意見は出ないと、自分に言い聞かせつつ提案する。

「――例えばだ。なるべく血を流さず、人族を傷つけず、なお且《か》つ誰が一番早く征服完了するかと、そういう趣向はどうであろうか？」

聞いてレヴィ山が挙手する。

「そのルールを破るごとに減点、みたいなゲームですか、我が君？」

「うむ、その通りである！　実際、それくらいの制限を設けなければ、おまえたちならば一瞬で攻め滅ぼしてしまうだろう？　差がつかず勝敗つかずになってしまうだろう？」

「確かにゲームそのものが成立いたしませぬなあ」

「我が陛下《マインカイザー》のご深慮――この『強欲』めも感服仕《つかまつ》りました」

（よっしゃイケた!!）

一同が納得顔になってくれて、ケンゴーは内心グッと拳《こぶし》をにぎる。


これまでも人族と戦うに当たっては、可能な限り殺すな犯すな洗脳するなと命じてきた。

そのたびに魔将たちは「どうして人族風情《ふぜい》にそこまで慈悲をかけるのだろう？」と怪訝《けげん》そうにし、ケンゴーは苦しい言い訳を考えなければいけなかった。

だが今回ほど、魔将たちがすんなり受け容《い》れてくれたことがあっただろうか？

（やっぱりゲーム仕立てにしたのが正解だった！）

こいつらの激しすぎる闘争心には頭を悩まされてきたが、逆に利用すべきだったのだ！

「そういうことでしたら我が君、誰か減点をチェックする審判が必要でしょう？　オレちゃん、やりますよ」

レヴィ山が再び挙手して言う。

　するとベル原が意外そうに、

「なに？　おまえさんは勝負に乗らんというのか？」

「ああ、うん。つーのもシト音を助ける時に、ここのみんなにゃ世話になったからな。だから今回はオレちゃん、辞退するよ」

　借りを返すと殊勝に申し出るレヴィ山。

　周りも「ライバルが一人減った！」とばかりに喜ぶ。

　どころか、ベル乃《の》はどうせメシを食うこと以外に関心を示さないだろうことを考慮すると、残る五将のうち三人もが勝負へ参加可能というビッグチャンスである。

　俄然《がぜん》、皆の目の色も変わり、

「このベル原が最高にエキサイティングな知的ゲームを陛下にご覧入れましょうぞ！」

「我が陛下《マインカイザー》。ベクターでの汚名返上の機会を、ぜひこの『強欲』めに賜りたく」

「アンタがどおおおおおおしてもって言うなら、このアタシが行ってあげてもいいけどぉ？」

「殺さず傷つけず国を傾けるという話ならば、まさに妾の得意とするところじゃ」

「ぼぼぼぼぼぼ僕にお任せくださいっ」

　ケンゴーに指名して欲しくて、我も我もと挙手しまくる魔将たち。

　その圧はいつにも増して凄《すさ》まじかった。

　さもありなん。

いつもならば「七将のうち、たった一人だけが指名される」という構図であり、仮に選ばれなかったとしてもある種、諦めがつく。

だが、今回は謂《い》わば「七将のうち、望みを得られないのはわずか二人」という構図である。

自分がそんなババを引かされるのはご免だと、躍起になるのもしごく当然の話なのだが――

（やっべえええええええっっっ。そんなん考えてもなかった!!）

この期《ご》に及んでようやく気づいたケンゴーは、顔面蒼白《そうはく》となっていた。

（選ばれなかったその二人にどんだけ恨《うら》まれるかと思うと胃が痛てえええええええええっ）

まさに絶体絶命の窮地である。

できるものなら時間を巻き戻して、この提案自体なかったことにしたい。

しかし、覆水盆《ふくすい》に返らず――このピンチを凌《しの》ぐために、ケンゴーはどうにか知恵を絞り、上手《うま》い言い訳をひねり出さなくてはならない！

「ま、まあ待ちなさひ、おまへたち」

挙手しまくる五将のプレッシャーに、たじたじになりつつケンゴーは言う。

「『おまえはここに』『おまえはあそこに』と余が指名するのは簡単な話だが、ゲームとして考えた場合、それもおかしな話になるのではないか？　公平を欠くのではないか？」

「たたた確かにそうですっ」

「ううむ、ケンゴー陛下の御采配《ごさいはい》と人事の妙は、これまでもさんざん目の当たりにしたところであるからな……」

「妾らの力で勝ったというより、主殿《あるじどの》のご慧眼《けいがん》が優れておったという証明になってしまうのう」

「しかもゲームが始まる前から結果が保証されていては、甚《はなは》だ興醒めだな」

「え、こいつの人事ってしょっちゅうハズしてない？」

「ルシ子さんは黙っててくださいっ。お、怒りますよっ」

泥縄で用意した弁明だが、皆も得心がいった様子。

ケンゴーはこっそり胸を撫で下ろしつつ、

「そういうわけだ。今回はゲームなのだから、公平にジャンケン——は前回で懲《こ》り懲《ご》りだから！　クジ引きで決めるのがよいのではないか？」

「でしたら審判のオレちゃんが、クジを用意してきますよ」

「よしそうしよう！　そうすべきだ！　これもゲームのうちだからババ引いても遺恨ナシな！」

ハイ決定もう覆りませーんと早口で言うケンゴー。

魔将たちも致し方なしという空気になる。

そんな中でレヴィ山がクジを作りに席を立ち、そこでふと何か思い立ったように、

「今回はオレちゃんが審判だから、おためごかしなしで訊《き》くんだけどよ。サ藤は参加でホント

にいいのか？　大丈夫なのか？」

「どっ、どういう意味ですっ？　まさか僕には難しいとでも？　ほ、本気で怒りますよっ？」

「いやだって人族を傷つけずに征服って、おまえさんが一番苦手なルールじゃね？」

レヴィ山の率直な指摘。

「然《しか》り、然り。人族を虐殺《ぎゃくさつ》した数を競うルールだったら、サ藤が優勝だったろうがな」

「くくく、他にも町を廃墟《はいきょ》にした数だとかのう」

「おいサ藤、恥をかく前に辞退したらどうだ？」

他の魔将たちも賛同するが、これはライバルを蹴《け》落とそうという下心がミエミエ。

だからかサ藤もよけいにムキになって、

「ぼ、僕だってケンゴー様の重臣《どうぐ》ですっ。皆さんにできて、僕にできないことなんかありませんよっ。お、怒っちゃいますよ？　ほほほ本気で怒っちゃいますよ？」

必死に主張するも、多勢に無勢というか獰猛《どうもう》な野犬に囲まれた子猫の風情。

ケンゴーも可哀想《かわいそう》になってきて、助け舟を出す。

「ま、まあ、サ藤もこれほど申しておるのだ、きっと自信があるに違いあるまい」

「ですが我が君、こいつはクラール砦《とりで》で超高速兵糧攻めをやらかした奴ですよ？」

「あ、あの時は余とのコンセンサスに不足があっただけであろう！」

「御意《ぎょい》です。我が君がそこまで仰るなら、オレちゃんに否《いな》やはございません」

「う、うむ！　サ藤だけ殊更に仲間外れにする必要もなかろう」

レヴィ山が一礼し、クジを用意するため一旦、席を外す。

「ぼ、僕のことを信じてくださって、あ、あ、あ、ありがとうございますケンゴー様！」

サ藤が感謝感激とばかりに目を潤ませる。

こうしてみるとやっぱり頼りない弟分だし、可愛い奴だとしか思えないのだが……。

閑話休題《なにはともあれ》。

如才のないレヴィ山はすぐに転移魔法で戻ってきて、皆に五本のクジ棒を引かせた。

同時に抗探知魔法をバリバリに駆使して、透視魔法その他でイカサマをさせないこの気配り。

なんとも頼もしい審判役。

マモ代が舌打ちしているのが、よけいにその印象を強める。

「先っちょに国の名前が書いてる棒がアタリな？　誰から行く？」

「アタシ、アタシ、アタシ！　アタシが一番に引くわよ！」

「えい、先にアタリを奪われてなるものか！　妾が先じゃっ」

「ハハハ、何番目に引いたって確率はおんなじだってば」

五将たちが我先にとクジを引き、情緒も緊張感もなく一瞬で結果が出た。

「なんで一個、隣を引かなかったわけアタシいいいいいいいいいっっっ」

「あな口惜しや……っ。妾のなんと運のなきことよ……！」

この世の終わりかよってくらい大げさに嘆《なげ》くルシ子と、その場にヨヨと泣き崩れるアス美がもちろんハズレ。

対照的に、アタリを引いた三人は喜色満面。

「ふっふ！　幸先の良いことだ。吾輩《わがはい》の脳漿《のうしょう》もますます冴《さ》え渡ってくるのを感じるな」

と、ホインガー攻めが決定したベル原。

「フン。貴様が相手では、さすがに油断ならんな。心しよう」

と、カフホス攻めが決定したマモ代。

そして、三国の中では最大のバーレンサ攻略を担当することになったのが——

「みみみ見てください、ケンゴー様！　僕、僕、アタリを引きましたあ！」

七大魔将の中で最も今ルール不利と皆のお墨付きの、サ藤であった。

だからか周りの生温かい視線が殺到するが、本人は気づいた風もなく、

「やった、やったあ！　これでケンゴー様のお役に立てますぅ！」

席を立ち、無邪気に飛び跳ねる様《さま》は、外見年齢相応の少年のよう。

「うむ！　期待しておるぞ、サ藤！」

ケンゴーも可愛い弟分を応援せずにいられない。

なんか贔屓っぽいかと懸念したが、幸いベル原もマモ代も目くじらを立てていない。

そう、勝負自体に肩入れするわけではないのだから、これくらい構わないだろう！

（サ藤だって賢い子なんだから、きっとクラール砦の時より成長しているはずだ！　今度こそ穏当且《か》つスマートな手段でバーレンサを攻めとってくれるはずだ！）

完璧《かんぺき》、保護者気分で見守るケンゴー。

サ藤がまた何かしでかさないか、あるいは不利なルールの中で健闘できるのか——

胸にもたげる一抹の不安からは全力で目を逸《そ》らした。

第二章　バーレンサの末王女

翌日。

サイラント地方侵略に臨む三将たちは、各自の所領に帰って準備を進めた。


ベルフェガリア大公国――

「力押しならともかく、知恵比べなら吾輩《わがはい》は誰にも負けぬよ」

領主居城の玄関ホールに、ベル原《はら》の軽《かろ》やかな笑い声が響く。

城内に仕えるグレータースケルトンやワイトナイト――皆、知能を持ち、魔法すら行使できる強力なアンデッド群。ベル原の死霊魔法《ネクロマンシー》で蘇《よみがえ》ったかつての英雄たち――が、恭《うやうや》しく主君を出迎える。

「マモ代《よ》とサ藤《とう》には悪いが、今回は吾輩が勝って当然。ゆえにただ勝って良しとすではなく、勝ち方自体が肝要となる。すなわち征服即、ケンゴー陛下のご治世へと速やかに移行できるのがベストであろうや。そう、ベクターにて吾輩がやってみせたようにな」

過日、ベル原は超広範囲の睡眠魔法を以《も》って、件《くだん》の王都を無血開城せしめた。

ケンゴーの勅命《ちょくめい》に従い、武力を用いなかったわけだが、だからこそベクター王国は現在、すんなりと魔王の統治を受け入れたといえる。

もし死者が出ていたら、今上がどれだけ懐柔政策を行おうとも、ベクターの国民感情は今日とは違ったはずである。

ただ、睡眠魔法はその後の解呪《かいじゅ》が大変だった、時間がかかったという点において、大きく反省が残った。

今回は同じ轍《てつ》を踏むわけにはいかない。

ベル原は「怠惰《たいだ》」を司る魔将だが、本当に何もかもを億劫と感じる性質ではなく、創意工夫を以って如何《いか》に労力を省略できるかを信条としている。

魔界随一の智将たる彼にとって、今回のゲームはまさに手腕の見せ所であった。


マンモン大公国――

「搦手《からめて》は私も得意とするところだが、相手がベル原となれば話は別だ。楽観はできぬし、より手段を選んではいられぬ」

風呂《ふろ》上がり、自分は突っ立ったまま侍女《じじょ》たちに体を拭《ふ》かせながら、マモ代は断言する。

「ですが、相手はベルフェガリア大公お一人ではないのでは……？」

「サ藤は魔法が得意なだけの孺子《こぞう》だ。恐るるに足らぬ」

忠義者の侍女の懸念を、鼻で笑い飛ばすマモ代。

「そう、これは実質的に私とベル原の一騎討ち。本当の知恵者はどちらかと、証明する機会よ」

マモ代は侍女たちを下がらせると、生乾きの髪を弄《もてあそ》び、全裸のままで居室をうろつく。

室内にはただの調度品と見せて、様々な魔法道具や呪具《じゆぐ》が並んでいる。

アンデッドを操《あやつ》ることのできる《死を招きの髪飾り《シヲマネキ》》や、人界有数の王女をだまして従わせるのに使った「救恤《リベラ・リタス》」の大天使像の他《ほか》、《ザマールカンダの風印》、《麗呪《れいじゅ》の短剣》、《奄源《えんげん》》、etc、etc……。

「人族《サル》どもをあまり虐待《ぎゃくたい》するなというルールだが、ククッ、他プレイヤーの妨害をしてはならんとは言われなかったからな」

そのうちの一つを手にとって、マモ代は悪辣《あくらつ》にほくそ笑んだ。


そして、サタルニア大公国――

「有り体《あてい》に言って、僕は策略だの搦手だの好きではない。小賢《こざか》しさは『憤怒《サタン》』の流儀ではない」

領主居城は謁見の間。

玉座の肘《ひじ》掛けに頬杖《ほおづえ》をつき、癇性《かんしょう》げに冷たく吐き捨てるサ藤の様は、ケンゴーの前で見せる「可愛《かわい》い弟分」の姿とは似ても似つかない。

広間に居並ぶ重臣、側近、みな強力な上級魔族たちだが、いつになく苛立《いらだ》った様子の主君に恐れをなし、また彼の勘気に触れないようにと内心で祈っている。

「とはいえ僕は、勝利者であり続けなければならない」

「「はい、閣下ッ。御身《おんみ》以外の何者にそれが叶《かな》いましょうか、サ藤閣下ッ」」

「それでこそこの僕が、ケンゴー様の一の臣下であると証明できる」

「「はい、閣下ッ。七大魔将筆頭にして今上陛下の右腕、サ藤閣下ッ」」

「どんなルールであろうと、逃げるわけにはいかない。好きだの嫌いだの言ってはいられない」

「「はい、閣下ッ。それでこそ〝赤竜王〟のご気概であらせられます、サ藤閣下ッ」」

半ば独白をくり返すサ藤に対し、居並ぶ臣下たちが声の限りに追従する。

これが当代の「憤怒《ふんぬ》」の魔将にとっての日常風景、正しい軍議の在り方だが――

「よって今回は貴様らの意見を求める」

普段は路傍《ろぼう》の石程度にしか思っていない臣下たちに、サ藤は諮問《しもん》した。

「直言を許す。自由に策を議論し、貴様ら全員の小賢しさを以って僕を補え」

「はい、閣下ッ。小官に必勝の策がございます！」

居並ぶ武官たちの列から一人が一歩、前に進み出る。

打てば響くとはまさにこのこと、その才覚に周囲の者たちも瞠目《どうもく》する。

だがサ藤は特に感銘を覚えず、冷淡に顎《あご》をしゃくって発言を促《うなが》す。

件の武官は意気込みも露《あら》わに言上した。

「バーレンサの国王に洗脳魔法を用いることで、実質的に王権を簒奪《さんだつ》するのです！　今回のルールに抵触いたしますが、あくまで減点対象であって反則行為とはなっておりません！　であるならば、最低限の減点で最速の征服を完了すれば、これ必勝にございます！」

「死ね」

「ヨロコンデー！」

サ藤が莫大《ばくだい》な魔力を込めて呪詛《じゅそ》を呟《つぶや》くと、件の武官の額《ひたい》に「666」の瘴気《しょうき》文字が顕《あらわ》れる。

たちまち武官は麻薬中毒患者の如《ごと》き法悦の表情となると、自刃して果てた。

ゾッ――と蒼褪《あおざ》める臣下一同。

凍《い》てついた空気の中、独りサ藤は苛立ち混じりに吐き捨てる。

「いと穹《たか》きケンゴー魔王陛下のご胸中をお察しするのは至難のことだが、とにかくあのお方は洗脳魔法を好んでおられぬ。ならば僕も唾棄《だき》せねばならぬ。二度とその汚らわしい名前を僕の前で使うな。僕を怒らせるな。わかったな？」

二度は言わぬぞと、臣下たちに念押しするサ藤。

（だったら殺す前に仰《おつしや》っておいてくださいよ……）

（というか、勝つためには好きだの嫌いだの言わないと、そう仰ったばかりでは……？）

（そもそも自由に議論せよとの仰《おお》せはなんだったのだ……）

（閣下のご不興を買うたびに「死ね」では、何も発言できたものではないぞ……）

――と臣下たち皆、胸中穏やかではなかった。

が、それを顔に出すほど迂闊《うかつ》な者もいなかった。

「次だ。誰《たれ》ぞ、献策せよ」

「「…………」」

サ藤が活発な意見を求めるも、誰もが恐怖で喉《のど》が干上がり、主君と目も合わせられない。

「誰も、何もないのか？　僕の臣下は無能ぞろいか？」

その体たらくを見たサ藤は、マジでガンギレする五秒前の表情となった。

なんなら皆殺しにしてやろうかとばかりに、極寒の魔力を練って一同を脅迫した。

すると――

「具申、よろしいでしょうか。サ藤閣下」

控え目な口調ながら自信に裏打ちされた声で、申し出る者が一人。

サ藤が右に立つことを許した腹心中の腹心、サタナキアだ。

人型だが頭部は黒山羊《くろやぎ》で、背中には一対の黒翼を持つ、両性具有の大魔族。

「許す」

「はい、閣下。まずはこちらをご覧ください」

サタナキアは幻影魔法の術式を瞬時に編むと、広間の天井《てんじょう》に映像を投影した。


バーレンサの王城だ。

その城門前に群衆が押し寄せ、二つの陣営にわかれて何やら言い争っている。

いわゆるデモ活動であろう。

字の読み書きできる者も少なくないのか、そこかしこでプラカードを掲げる姿も見える。


「これは何事だ？」

「はい、閣下。ベクターが魔王陛下の統治下に置かれてからというもの、バーレンサでは世論が真っ二つとなっておるのです。すなわちベクターに続いて魔王陛下に恭順を誓うか、あるいはあくまで強大なる魔王軍と徹底抗戦するか。それで王城前は連日、このような有様で」

「なんだと。すると下民が分際を弁《わきま》えず、国政に物申しておるというのか？」

「仰せの通りです。バーレンサ王家は建国以来、自由な気風を国内に行き渡らせ、また下々の啓蒙《けいもう》にも熱心でございます」

事前によくよく調査していたのだろう、サタナキアが説明する。

地勢的に人界では、魔界に近い西側の諸国ほど辺境部となる。

逆に言えば東側ほどより栄えるのが道理であり、サイラント地方の三国においても東山脈の玄関口に当たるバーレンサは、貿易を中心に大いに振興している。

そして、商業国家は得てして民が活力を持つもので、また統治者の方でも彼らの教育に力を入れることで、より経済発展を目指すという傾向がある。

バーレンサもその例に漏《も》れず、王家が自由を貴ぶのも国家戦略の一環にすぎないわけだ。

「下らん。惰弱《だじやく》である」

それらの国家事情を聞き、なおサ藤は一刀両断にした。

「戦略といえば聞こえはよいが、所詮は恐怖で民を支配できぬ無能の、さもしい下策にすぎぬ」

その見解は割とケンゴーの治世の在り方も否定しているというか、流れ弾となって批判している格好だが、本人は気づいていない。

「はい、我らが公国では考えられぬことでございます。三流国の三流たる所以《ゆえん》かと」

サタナキアもまた逡巡《しゆんじゆん》なく、主君の見解に同意する。

民が増長し、国政に口出しする様など、これ以上は見るのも不愉快とばかりに映像を消す。

一方、サ藤は小さな背中を玉座へ深く預け、

「貴様の言いたいことはわかった。世論が割れたまま一向にまとまらぬということは、バーレンサの王侯貴族どもも意見が割れて対立しておるのだろう？　そして、ケンゴー様に服従したいと申す殊勝な人族《サル》どもに主導権をにぎらせてやれば、バーレンサ一国、自《おの》ずと我らの手中に

転がり込んでくるというのだろう？」

「はい、閣下。英明なるサ藤閣下。誠に仰せの通りでございます」

「検討に値する策だ。説明を続けよ」

気難しい主君にそう言わしめたサタナキアに、一同からどよめきが漏れる。

一方、サ藤も認めるこの腹心は恭しく一礼すると、新たな映像を天井へ大写しにする。

三十代半ばの、勇ましげに何やら吠《ほ》えている男の演説姿だ。

「バーレンサ王は五男七女を儲けておりますが、この者は名をシトロンと申し、第一王子でございます。愚かにも魔王軍との徹底抗戦を唱える最右翼でもございまする」

「フン、憎たらしい面《つら》をしておるわ。ルールでなければ殺してやりたい」

「次いでこちらが、第二王子のレンジオにございます」

サタナキアが映像を切り替え、如何《いか》にも覇気のない小太りの青年を大写しにする。

「第一王子とは対立し、ケンゴー魔王陛下に従属したいと考えておる天晴《あっぱれ》な心掛けの者どもに、担ぎ上げられております御輿《みこし》がこのレンジオという状況でございまして」

「フン、道理で先ほどのサルよりも幾分、賢そうな面をしておるわ」

こいつはせいぜい長生きさせてやってもよいと、サ藤は呟く。

それから、

「『抗戦派』の第一王子シトロンと、『降伏派』の第二王子レンジオだな。記憶した。不遜にも僕たちに刃向かうのが、王太子の方というのがちと面倒か」

「御意《ぎょい》」

「──して、肝心の国王自身はどう考えておる？」

「はい、閣下。それが決断力を欠いた典型的な風見鶏で、第一王子に突き上げられては軍備を拡充させ、第二王子に説き伏せられては志願兵どもを解散させるという有様にて」

サタナキアが大写しにした初老の王は、王太子よりも第二王子の面影《おもかげ》の方が強かった。

「いてもいなくても変わらぬ愚昧《ぐまい》、と。あいわかった。ならば僕たちの方策としては、第一王子を『降伏派』に転向をさせる。ないしは穏当に排除し、第二王子を太子へと繰り上がらせることによって、『降伏派』を主流にするといったところか」

「閣下のご賢察、恐れ入りましてございまする。ですが、今一つお耳入れいたしたき儀が」

「続けよ」

サ藤が素っ気なく命じると、腹心が新たな映像を天井へ。


年端も行かない王女が、お茶会で談笑していた。

如何にもこまっしゃくれた様子で、サ藤は好まない。

だが、ただ小娘が背伸びをしているわけではない。

大の大人たちを相手取り、対等以上に語らい、場の空気を掌握する、そんな風格が窺《うかが》える。

瞳《ひとみ》に高い知性と覇気の輝きがある。

「第七王女リモーネ。歳《とし》は十三。先ほど申し上げました通り、『降伏派』が担ぐ御輿こそレンジオにございます。が、中心人物として主導し、弱冠《じゃっかん》にして派閥の意見をとりまとめているのが、実はこやつめなのでございます」

「フン、バーレンサ王家で最も見どころのあるサルというわけか」

「御意。人族では逆立ちしても魔王軍に敵《かな》わぬ事実や、魔王国に併呑《へいどん》されて以降のベクターが急速に繁栄している現況を自ら調べ上げるや、早々に降伏して可能な限りの好条件を引き出すべしと主張を続け、水面下でも工作しております る」

「フン、賢《さか》しらな小娘だ。だが、運の良い小娘でもある。今回は速さ比べだからな。仮に明日にでも降伏すると申すならば、望むままの好待遇を用意してやってもよい」

「臣には判断のつきかねるところでございますが、どうせ第一王子から首を挿《す》げ替え、傀儡《かいらい》とするならば、凡愚の第二王子よりもこの利発な娘の方が後々まで役に立つかもしれませぬ」

「ただし、上の兄姉を十一人も排斥する面倒があるのが、良し悪しというわけだな」

「御意」

これにて説明は終わり、後は主君の判断を仰《あお》ぐのみと、サタナキアが一礼したまま固まる。

サ藤の決断は早かった。

「凡愚はダメだ。傍《そば》に置けば苛立つのが必定、ついカッとなって僕が殺してしまいかねん」

ゆえに同じ傀儡にするにも、レンジオは論外。

「短期的にはこのリモーネなる小娘に協力し、バーレンサを降伏論一色に染め上げる。強い風を吹かせて、国王に城下の盟を誓わせる。そして中長期的にはこの小娘を代官なりなんなりに取り立てて、領主権を貸し与えてやることとす」

「御意」

「僕自ら小娘と接触を図る。機会を設けよ」

「はい、閣下。ただちにそのように計らいます、サ藤閣下」

一礼したまま転移魔法で消えるサタナキア。

居並ぶ群臣たちも我先を争うように続いて、恐ろしい主君の御前を辞す。

謁見の間に独り、サ藤は肘掛けに頬杖をついたまま嘆息し、

「つくづく面倒なことだ。バーレンサ一国、焼き払うだけならば、ものの一時間もあれば可能なのに。……いや我慢、我慢だ。ベル原とマモ代に吠え面をかかせ、ケンゴー様に褒《ほ》めていただくためにも、ゆめ怒るまいぞ――」

†

バーレンサ王国第七王女リモーネは、絶体絶命の窮地を迎えていた。
凶悪な刺客たちに、騎馬で追われていた。
「シトロン兄上の卑怯者《ひきょうもの》！　まさかここまで手段を選びませんの⁉」
箱型馬車の中、気丈に叫ぶも震えを隠せないリモーネ。
お付きの侍女二人はもっと震えている。
それでもリモーネを守る一心で、我が身を盾《たて》に左右から必死に抱きしめてくれている。
「どうかお静かに、姫様！」
「舌を噛《か》みます！」
と大声で忠言してくれる。
リモーネらの乗る二頭立ての馬車は、小街道を驀進《ばくしん》していた。
森の中を縫うように走る、ろくに整備もされていない道だ。
地面は凸凹《でこぼこ》だし、大きな石も転がっている。
そんなところでスピードを出しているのだから当然、客車が揺れる。跳ねる。躍る。
侍女らの言う通り、下手をすると舌を噛んでしまうだろう。
護衛の騎士は五人いたが、全員すでに討ち取られていた。
追っ手の数は不明だが、恐らく手練《てだ》れに違いない。
何より馭者《ぎょしゃ》が、とっくに我が身大事で逃げ出していた。

おかげで馬車は暴走状態に陥《おちい》っていた。つながれた二頭が本能のままバラバラに走り、進路の制御もままならない。結果、曲り道で曲がりきれず、森の中へと突っ込む。

そして大木に正面から衝突し、客車ごと横転した。

中はもう惨状である。

ひっくり返り、さっきまで壁だったそこが床に変わり、侍女たちが頭をぶつけて昏倒《こんとう》する。

リモーネだけは、二人がクッションになってくれたおかげで無事。

侍女たちは本当に我が身を呈《てい》して守ってくれたのだ。

「し、死ぬかと思いましたわ……」

横倒しになった客車で、リモーネは王女殿下とは思えない根性で出入り口の扉を開けた。

また忠義者の侍女たちを決して見捨てず、引きずり出そうと孤軍奮闘する。

七月、初夏の日中、汗が滴る。

だがその間にも、追いついた刺客たちに馬車を取り囲まれる。

万事休すだ。

「シトロン兄上も相当、焦《あせ》っておられるようですわね！　わたしの如き末妹の、暗殺を企《たくら》まずにいられないだなんて！」

リモーネはふんぎぃぃぃぃと侍女を抱え上げながら、憎まれ口を叩《たた》いた。

「さあ、なんのことでしょうかね」

刺客の中でもリーダー格らしい男が空惚《そらとぼ》けた。

この暑い日にご苦労なことに、全身黒ずくめで覆面着用。

だが声音は涼やかで、静かな迫力がある。

負けじとリモーネも声を張りあげ、

「惚けたところで、シトロン兄上の差し金だとわかっていますわよ！」

王女一行が馬車で向かっていたのは、王都郊外の別荘である。

持ち主がシトロンの愛人の一人という男爵夫人で、リモーネはそこで秘密の会談をしようと第一王子から持ちかけられていた。

だからリモーネも最低限の供を連れて、こっそり王都を発《た》ったというのに。

その途上でいきなり襲撃を受けたのだから、首謀者は明白だった。

「ふふん、逆に愉快で堪《たま》りませんわ。シトロン兄上も追い詰められているという、何よりの証拠ですもの！」

貿易で栄えるバーレンサは、近隣諸国の情報が入ってくるのも早いし、下々まで行き渡る。

魔族に攻め滅ぼされたはずのベクターが、しかし魔界式の農業技術や医療体制を供与されて、国家として急速に発展するばかりか民の幸福度まで激増している様は、直に周知のこととなるだろう。

日に日に世論は降伏に傾いていくことだろう。

抗戦派の第一王子としては、思わしくない状況のはず。

だから業を煮やして、今のうちに降伏派の中心人物であるリモーネを亡き者とすることで、敵対派閥の弱体化を図ったのであろうが。

そんな暴挙に出なければならないこと自体が、抗戦派にもう他にまともな手段を採る余地が残されていない苦境を、白状しているようなもの。

「わたしがここで討たれても、バーレンサはいずれ降伏の道を選ぶでしょう！」

だから死ぬのは恐《こわ》くない――リモーネは足の震えを隠しながら、強がり続ける。

幼いながらに、一国の王女に相応《ふさわ》しい気概。責任感。

だがやはり、まだ若くて世間知らずであることには違いないのだ。

世の中の底の底を見てきたわけでも、その暗部に棲息《せいそく》する男どものやり口を想像できるわけでもないのだ。

「このクソナマイキ女を、みんなでわからせてやってもいいですか、ボス？」

「王族のアソコの具合を確かめる機会なんざ、これが最初で最後でしょうし」

「ヒヒヒやっぱお姫様は下賤《げせん》の女と違って、ケツの穴までおキレイなんですかねえ！」

「それこそ化粧までしてたりなギャッハ」

――と。

刺客たちから、覆面をしていてもはっきりわかるほどの獣欲でギラついた眼差《まなざ》しを向けられ、リモーネは竦《すく》み上がった。

一方、刺客どもはこちらの胸中も知った風ではなく、

「ダメだ。どれだけの成功報酬が出ると思っている？　確実に殺せ」

「へいへい、わかりやした！」

「でもお付の侍女どもは、オレらでいただいても構わんでしょう？」

「王女を仕留めた後なら好きにしろ」

「「やったー！」」

歓喜に沸く刺客ども。

対してリモーネは堪らない。

「待ちなさい！　あなたたちの標的は、このわたしだけでしょう!?」

忠義者の侍女たちにまで危害を加えるなと、叫ばずにいられなかった。

だが、刺客たちはどこまでも耳など貸さない。

「ヒヒヒ――」

「はははは――」

「心臓を抉《えぐ》った後、くたばるまでの間なら、楽しんでもよくないスか――」

容赦《ようしゃ》も斟酌《しんしゃく》もなく、むしろ嗜虐的《しぎゃくてき》に笑いながら、包囲の輪を縮めてくる。

王女一行の立て籠《こ》もる馬車へ、にじり寄ってくる。

（あああ……）

リモーネはもう恐怖で声も出せない。立っていられない。

腰が抜けて、その場で頽《くずお》れそうになる。

しかし結局――リモーネが尻《しり》もちをつくことはなかった。

中腰の状態のまま、いきなり、全身が凍り付いたように動けなくなったからだ。

（え……？　これは……どういうことですの……？）

当惑するリモーネ。

自分の体に起きた異変にびっくりしたから――だけではない。

同時に彼女は、客車の外の異様な光景も目の当《ま》たりにしていた。

覆面の刺客たちが全員、動きを止めていた。

というか、やはり体がいきなり凍り付いたように、こちらへ歩み寄る中途半端《はんぱ》な姿勢のまま固まっていたのだ。

さらには風でそよぐ木々の枝葉や、空を翔《か》ける鳥さえも、全部、全部、全部、その場で石のように動かなくなっていたのだ！

そして、

「いちいち驚くな。貴様らの意識を除き、一帯の時間を僕が止めただけだ」

突如としてとして聞こえる、少年の声。

冷ややかに。吐き捨てるように。

時の止まった異常な世界で、その彼だけが傲然と闊歩《かっぽ》し、森の奥から姿を見せた。

恐らく魔族だ。

人族ではあり得ない、少年の青い髪色からリモーネは判断する。

「第七王女リモーネに相違ないな？」

少年魔族は客車のすぐ傍まで来ると、中腰の変な格好のまま固まった少女へ詰問した。

しかしリモーネは答えたくとも声が出せず、うなずくことすらできない。

「頭の中で強く念じろ。それで読み取れる」

（そ、そうですわ！　わたしがバーレンサ第七王女のリモーネですわ！）

「フン、間に合ってよかったな。せっかくこの僕自ら足を運んでやったというのに、もし先に死んでいたら、怒った僕が何をするかわかったものではなかったぞ」

ずいぶんと勝手な言い草だが、ともあれ少年魔族はリモーネを助けるために駆けつけてくれたらしい。

（あ、ありがとうございます。心からお礼申しあげますわ）

中腰の変な格好で、しかし気持ちの上では深々と頭を下げて感謝を述べるリモーネ。

しかし、少年魔族は人の謝意など全く関心なさそうに、あらぬ方を向いていた。

(……だいぶイイ性格のお方ですわね)

「聞こえているぞ、サル」

少年魔族が「世が世ならぶっ殺すぞ」とばかりに、にらみつけてくる。

そして、その視線をそのまま、今度は刺客どもへジロリと向ける。

「見逃してやるから、帰って雇い主に伝えろ。一か月後、僕は軍勢を率いてバーレンサの侵略を開始する。その時は地獄を見せてやる。だが今すぐ降伏するなら、安楽な余生をくれてやる、とな」

愛らしい顔をしておきながら、なんとも堂に入った居丈高な脅迫。

すると、

(それはできかねる相談ですね……)

驚くべきことに、刺客《ボス》の冷静な思念が、リモーネにまで聞こえてきた。

これも少年魔族の魔法の仕業か。

続いて刺客(有象無象《うぞうむぞう》)どもの思念も聞こえてくる。

(阿呆《あほう》かテメエ！　おめおめ逃げ帰ったら、それこそ雇い主に殺されちまうだろうが！)

(ちったあ頭を使って考えろ！)

「死ね《いい》」

その暴言を吐いた二人へ、少年魔族が酷薄な口調で命じた。

(ああん？　誰が死ぬかよバアアアカ！)

(ガキがっ。口だけでイキがってんじゃねえぞ！)

二人の刺客は思いきり嘲笑《ちょうしょう》した。

途端、
見えない何か強い力が作用し、二人の手足の先から頭頂に至るまで順に、まるで雑巾《ぞうきん》のように全身を捩《ね》じ上げられ、鮮血が絞り出されていく。

(ぎゃあああああああああああああああああああああっ)

絶叫よりも生々しい思念の断末魔とともに、暴言を吐いた二人は絶命する。

こんな残虐《ざんぎゃく》な処刑法、誰も見たことがなかった。

ゾッ――とその場の一同、背筋が凍り付く想《おも》いをする。

サ藤だけが一人、

「ああ、ついカッとなって殺《や》ってしまった。減点だ。減点だ。あまり僕を怒らせるなよ」

と苛立たしげに独り言を呟いている。

その様が、薄ら寒いほど不気味だった。

リモーネたちは思い知る。

魔法で時間を止めるなどと、あまりに荒唐無稽すぎて今まで実感がわかなかったが、そんな無茶が可能な魔族にとって人族の命を弄ぶことくらい、造作もない話だったのだと。

　さらには、

「サ藤様――」

「この不逞《ふてい》のサルども、クソの役にも立たぬと見受けました」

「如何《いかが》、処理いたしましょうか？」

　そこかしこの木の影から、獣面人身の恐ろしげな魔族たちがスーッと姿を顕現《けんげん》させる。

「殺すな。だが、それ以外は好きにしろ」

「御意」

「ありがたき幸せ」

　新手の魔族たちが、ニタリと嗜虐《しぎゃく》的に笑った。

　リモーネはさらに思い知る。

　魔族という御伽噺《おとぎばなし》や伝聞でしか知らない連中が、如何に人族とはスケール違いの化物なのか。

　そのデタラメな強さも。邪悪さでもだ。

（クソ……こんなキナ臭い暗殺依頼を受けたのが、俺《おれ》たちの運の尽きか……）

（いやだああああああ助けてくれえええええええええっ）

（謝るから！　謝るからあっ……！）

　影の中へと引きずり込まれていく刺客たちの末路など、もう想像したくもなかった。

リモーネは腰砕けになって、ぺたんとその場に尻もちをつく。

停止していた時間が、元に戻ったのだ。

そこへ少年魔族が冷たく声をかけてきて、

「何をしている。早く立て。行くぞ。これ以上、僕を手間取らせるな」

「み、見ての通り、腰が抜けておりますの！　あなたも紳士なら、淑女に手を差し伸べるものではなくて？」

リモーネも情けない台詞《せりふ》を、だが気丈に言い返す。

いつ如何なる時も、強がるのが彼女の信条だ。

それがいくら聡明であっても、実力も権力も不足した第七王女《こむすめ》の処世術だ。

「チッ。腹立たしいサルめ」

少年魔族は舌打ちすると、自分は指一本動かすことなく、また見えない力で（恐らくは魔力で）リモーネの小さな体を持ち上げ、浮遊させた。

「侍女たちも助けてくださいまし！　さもなければ、わたしは一歩も動きませんわ！」

「わかったからキンキン囀《さえず》るな。耳障りだ」

少年魔族は心底、苛立たしげにしながらも、侍女二人も魔法で連れていってくれる。

「重ねてお礼を申し上げますわ。お名前を伺っても？」

「サ藤だ。それがいと穹《たか》きケンゴー魔王陛下から賜《たまわ》った、誇らしき僕の名だ」

「承知いたしました。ありがとうございます、サ藤様」
魔力でふよふよ持ち上げられたまま、気持ちの上では楚々《そそ》と頭を下げるリモーネ。

それが二人の出会いだった。

第三章　絶対に怒ってはいけない王国征服

『減点十だな、サ藤《とう》』

「なん……だと……」

水晶球に姿を映したレヴィ山《やま》の、無慈悲な宣告にサ藤は絶句した。

現在、魔王城からサイラント地方全域を監視している審判役との、魔法を使った遠隔交信。

「なぜだ⁉　僕はたった二人しか殺していないのにっっっ」

『残りの刺客にも、ひっでー処理の仕方しただろうが。殺さなきゃいいってもんじゃねえぞ？

とにかく惨《むご》いことすんなってルールだぞ？』

「バカな……」

愕然《がくぜん》となるサ藤。

死んだ方がマシなクソザルどもを、ちょっと臣下たちの慰み者にしてやったくらいのことで減点とは……。

（このルール、僕が思っている以上に過酷なのではないか……？）

泣く子も黙る「憤怒《ふんぬ》」の魔将ともあろうものが、思わず己《おのれ》の口に手を当て、震える。

（さすがはケンゴー様だ……。なんと壮絶なゲームをご考案なされたのだろうか……っ）

であればこそ、魔将同士の勝負に相応《ふさわ》しいということか。

『まあ、あいつらが死んだ方がマシな連中だったってのは、オレちゃんもわかるよ。見てたよ。だから情状酌量《しやくりよう》してやってんだろ。本来なら減点百って言いたいところだ』

「このゲーム……よもやあまりに僕に不利なのではないか……？」

『だから最初から言ってやってんだろ!!』

「フン。ケンゴー様のお言葉以外は、普段からあまり真面目《まじめ》に聞いていない。聞く価値がない」

『おまえなあ……』

開き直って言うサ藤に、水晶球の中のレヴィ山が半眼となる。

「チッ。どうにも僕は罠《わな》にハメられたくさいが……まあいい」

『最初からなんもかんもオープンだったろうが。メチャクチャ公平だろうが』

「相手は所詮、ベル原《はら》とマモ代《よ》だ。これくらいのハンデはくれてやらねばな」

『世が世なら減点百の奴《やつ》が、どの口で言ってんだよ』

レヴィ山にぽんぽんとツッコまれるが、聞く価値がないのでサ藤はスルー。

遠隔交信を一方的に打ち切ると、続きの間に移動する。

談話室《サロン》になっていて、四人掛けの角テーブルが八つ並ぶ広間の真ん中、リモーネが一人でちょこんと腰掛けている。

「ご用はすみましたの？」

客人として優雅に紅茶を飲んでいた王女は、テーブルの対面へ腰を下ろしたサ藤へ、待ちかねた様子で訊《き》いてくる。

だが、他人に気を遣うことを知らないサ藤はそれを無視し、自分用に配膳されていたティーカップに口をつける。

「……温《ぬる》いな」

と舌打ち。

用意させたはいいが、放置してレヴィ山と話し込んでいたのだ。

冷めるのは当たり前の話。

だが傍若無人《ぼうじゃくぶじん》なサ藤には関係ない。

茶を淹《い》れたのはサタン家中の使用人だが、後で責任をとらせようと腹に決める。

一方でリモーネが、

「とても良い茶葉ですわね。どちらの産でございますの？」

などと、どうでもよい話を振ってくる。

二人きりなのが気づまりで、しかしこれといった話題が思いつく仲でもなく、天気の話をしようにもサロンには窓すらなくて、仕方なく紅茶の話をするしかなかった――そんなリモーネのいじましい努力にも、やはり頓着《とんちゃく》しないサ藤。

「僕が知っているわけないだろう」

と一言、バッサリ。

リモーネの額《ひたい》に小さく青筋が浮かんだことにも、やはり気づかない。

「こちらのお屋敷も、とても素晴らしい建物ですわね。お招きに与《あずか》り、光栄ですわ」

「バーレンサで工作活動するために、臣下に用意させた急拵《きゅうごしら》えだ。大した屋敷ではない」

「まあ、そうでしたのね！　ちなみにどちらのお屋敷でございますの？」

「貴様らがのうのうと暮らしている王都の、その地下深くだ」

「………………！」

リモーネが目を丸くして驚く。

魔族からすればなんでもない話だが、魔法も使えぬ人族《サル》からすれば神秘、奇跡の建築技術であろう。

「貴様には特別に滞在を許可する。部屋も使用人も自由に使うがよい。だが、あまり調子に乗ってうろつくなよ？　貴様らが王宮と称す破屋《あばらや》よりも遥《はる》かに広いからな。迷って野垂れ死ぬぞ」

「ご、ご忠告、感謝いたしますわ。肝に銘じますわ。ところで、わたしの侍女《じじょ》たちも助けていただいたはずですが、今はどちらへ？」

「寝室だ」

サ藤が素《そ》っ気《け》なく告げると、リモーネは覿面《てきめん》に安堵《あんど》と喜色を露《あら》わにした。

「そんな些末事《さまつごと》より、いい加減に本題に入っていいか？」

待たせていたのは自分の方なのに、苛立《いらだ》ちも露わにサ藤は切り出す。

「いと穹《たか》きケンゴー魔王陛下は、サイラント地方の征服をご決定なされた。だが同時に、可能ならば無傷でお手に入れたいとの思《おぼ》し召《め》しだ」

「ですから、『降伏派』のわたしを助けてくださったのですね」

「望み通りに好待遇を用意してやる。だから、ケンゴー様のお役に立て。貴様の祖国を降伏の道へ傾けさせろ」

「もちろん、願ってもないことですわ。ですがその前に、詳しいお話をご相談させていただいてもよろしくて？」

「よかろう。特別だ」

サ藤は顎《あご》をしゃくり、その「ご相談」とやらを促《うなが》す。

ところがリモーネはニコニコしたまま、何かを待っているように口をつぐむ。

「……？」

サ藤は本気で訝《いぶか》しんだ。人族語《サル》は難しいと思った。

リモーネも話が噛《か》み合っていないことを察したか、やや心苦しそうに、

「サ藤様ではご相談に乗っていただくのも限度があるでしょうし、ぜひ上役の方とお引き合わ

せいただけないかしら……？」

「なんだと貴様⁉」

予想だにしないことを言い出す王女に、サ藤は思わず腰を浮かす。


この時、リモーネはこう考えていた——

(恩人ではあるけれど、サ藤様のようなお子様と政治の話を続けるのは無理がありますし……、ここはぜひ大人の方に出てきていただかないと……)


一方、サ藤はこう解釈していた——

(この「憤怒」の魔将たる僕より上役だと⁉　まさかこやつ、けけけけけケンゴー様と直接、拝謁《はいえつ》したいなどとほざくか⁉　なんたる不遜《ふそん》！　ルシ子《こ》も裸足《はだし》で逃げ出す傲慢《ごうまん》ッ‼)


致命的にすれ違う二人。

「よ、よいだろう……。そのうち、いつか、おいおい、謁見の機会を作ってやろう……っ」

サ藤は激情を抑えるため、全身を震わせながら約束した。

(怒るな、僕……っ。これ以上、減点されては勝てるものも勝てぬ……！　我慢我慢我慢我慢我慢我慢我慢……。減点減点減点減点減点減点減点……)

呪文《じゅもん》のように唱え、自分に言い聞かせ続ける。

一方、リモーネはにわかに厳しい顔つきになって、

「まさか甘言でわたしをだまし、降伏だけさせておいて、口約束のまま反古《ほご》になさるおつもりではありませんこと？　子どもだからといって、わたしを侮《あなど》るのは承知いたしませんわよ！」

「誰がサル相手にそんな嘘もしい駆け引きなどするか！　頼むから僕を怒らせるな！」

第一、いたいけな王女をだますのも、恐らく減点対象だ。

「あなた方の神に誓ってお約束いただけますの？」

「ああ、ケンゴー様の御名《みな》に誓うとも」

「降伏したらちゃんと、ベクターのように大切に扱っていただけますの？」

「貴様がちゃんと役に立ったら、ベクター以上の発展をもたらしてやるとも」

「書面に認《したた》めてくださいますこと？」

「我慢我慢我慢我慢我慢我慢我慢我慢……っ。減点減点減点減点減点減点減点……っ」

サ藤は顔面を痙攣《けいれん》させながらも、紙とペンを召喚して望む通りにしてやった。

（この僕に対して、こんなこまっしゃくれた態度をとる女、魔界でもルシ子やアス美《み》ら数えるほどしかおらぬというのに……っ）

憤懣《ふんまん》やる方ない想《おも》いで、今までかいたこともない変な汗が出てくるほどだった。

この場に立ち会っていないサタン家中らの者が、主君の凶猛な勘気を感じとって、屋敷のあ

ちこちで震え上がるほどだった。

しかし、サ藤は気づいていない。

本質的に他者に興味がなく、顔色を窺《うかが》うといった類《たぐい》のこともしない男だ。

「お手間をかけていただき、感謝いたしますわ♪」

と念書を手にご満悦のリモーネが——その実——ドレスの長いスカートの裾《すそ》で、ずっと震えっ放しの足を隠していることを。

彼女はまだ十三歳だ。

否《いな》、年齢を差し置いてもサ藤のことが——人一人を塵芥《じんかい》のように殺害でき、時間すら停止させることのできる魔族が、恐ろしくないはずがないのだ。

極度の緊張を強《し》いられつつも、忍耐強く交渉に当たっているだけなのだ。

王家に生まれた者の責任感として、気丈に振る舞っているだけなのだ。

「わたし、実はベクターのことを羨《うらや》んでおりましたの」

そのリモーネが念書を大切に折り畳み、懐中に収めながら、ぽつりと言った。

「サ藤様のご母堂は、サ藤様に似てお美しい方かしら?」

「親族とは疎遠だ。もうずっと会っていない」

それがベクターの話と何か関係あるのかと、吐き捨てるようにサ藤は答える。

「疎遠でもご存命なら何よりですわ。わたしの母上など産後の肥立ちが悪く、わたしを産んでくださった後すぐに、お亡くなりになったのですから」

「なあ？　その話は長くなるのか？」

実の母にも他人の母親にも全く興味が持てなくて、サ藤は苛々《いらいら》と問い質《ただ》す。

「わたしが聞いたところによれば、魔王陛下は女性の出産にまつわる危険に関して、大変にご理解がおありだとか。それでベクターにたくさんの魔法医を派遣し給うたとか」

「ほう！　知っておるのか！」

話がケンゴーに関わる内容となり、サ藤は途端に食いついた。

「ベクターでは今後、わたしのように悲しむ母子はほとんどいなくなるのでしょうね。それがとても羨ましかったのです。たとえ祖国や王家が滅びようとも、魔王陛下のような偉大で思慮深いお方の庇護《ひご》を受けられるのでしたら、決して悪くない未来だと思えたのです」

「フフフ……貴様、そこが理解できるとは……サルの中では賢い部類だと思っていたが、僕の見立てに狂いはなかったようだな……フフフフ」

サ藤は急にうれしくなってきて、ニタニタと気持ち悪い笑みを浮かべた。

もし仮にケンゴーが目撃していたら、「推《お》しが一緒の仲間を見つけたオタクみたいだな」と思ったことであろう。

というかこの時、実際にレヴィ山が遠く魔王城から監視していて――

「サ藤……思ったよりチョロい奴だな……」

と、少年魔族の映る水晶球を弄《もてあそ》びながら、苦笑を浮かべていた。


すっかり気を良くしたサ藤。

追加の紅茶と菓子を持ってくるように、臣下へ思念を飛ばしつつ、

「さて、僕も本題に入らせてもらおう。バーレンサに降伏の道を採らせるためならば、協力を惜しまないつもりだが、リモーネとしてはまず何から始めるべきだと考える？」

「そうですわね……わたしの独力では難しかったのですけれど……」

やはりバーレンサの事情に精通しているのは、同じバーレンサ人。

リモーネは少し思索を巡らせただけで、すぐに淀《よど》みなく説明を始めた。

「我が国にタンジェルという宿将がおりますの。国王や父上《ちちうえ》やシトロン兄上の信任篤《あつ》く、国民からも英雄視されていて、そしてゴリゴリの抗戦派ですわ」

「まったく……バーレンサもクラール砦《とりで》に兵を出していただろうし、顛末《てんまつ》も知っておろうにな。それでなお魔族に敵《かな》わぬ現実が見えぬ軍幹部など、英雄どころか老害も甚《はなは》だしい」

「ご辛辣《しんらつ》ですが、その通りですわね。でも一番愚かしい話は、抗戦派の者たちはバーレンサが

真実、魔王軍に太刀打《たちう》ちできるかどうかを自身で判断するではなくて、タンジェルが勝てると言っているから信じているだけの、無知蒙昧《むちもうまい》が大半という有様ですの」

「なるほど。つまりはその老害を亡き者にすれば、抗戦派は瓦解《がかい》必至というわけか」

「そこまでは言っておりませんわ！　タンジェルがしっかり現実を直視してくれれば、抗戦派たちも夢から覚めると申し上げているのです」

つい短絡的に魔族的思考をしてしまったがサ藤だが、これではまた減点だ。

リモーネのおかげで危ないところを回避できつつ、

「具体的にどうする？　僕が直々《じきじき》に赴いて、殺しはせず実力差を見せつけてやろうか？」

「それではよけいに意固地になってしまう恐れがありますわ。老人は頑固ですから」

リモーネはひどく大人びた表情で頬《ほお》に手を当て、やれやれと嘆息する。

十三歳の小娘にここまで言われる宿将も、よい面《つら》の皮である。

「なのでわたくしとしては、搦手《からめて》で攻めたいと思うのです」

「ほう」

搦手と聞いてサ藤も興味がわく。

彼が苦手としているのが搦手なら、今回の勝負で必要とされているのも搦手で、このリモーネにその才覚があるなら都合がよい。

「タンジェルは二十も歳《とし》の違う奥方を、それはもう溺愛《できあい》しているという評判なのです」

小児性愛者《ペドフィリア》とは少し違うか。その老将がいくつかは知らないが、二十を差し引けば相手は三十路か四十路くらいの熟女だろうか。

「先にその若妻を説得できれば、タンジェルを降伏派に転向させられるというわけか？　しかし、今度はその女を口説き落とす手段が必要だが？」

「奥方は美少年に目がなくて、夫が激務で留守がちなのをいいことに、気に入りの愛童を幾人も囲っているという噂《うわさ》なのです」

こちらは正真正銘の小児性愛者《ペドフィリア》だな……。

「……理屈はわかった」

サ藤は頭痛を堪《こら》えながら、

「その女好みの稚児《ちご》を、僕が用立てすればよいわけだな？」

「サ藤様には簡単なお話でしょう？　なにしろ、わたしの目の前にいらっしゃいますもの♪」

「は？」

「え？」

咄嗟《とっさ》に理解できず、きょとんとなるサ藤。

まさか理解されないとは思わず、きょとんとなるリモーネ。

しばらく見つめ合った後、

「……僕に……〝悪魔の中の悪魔〟……〝天帝の敵対者〟……〝赤竜王〟……七大魔将の筆頭

たるこのサ藤に……間男の真似《まね》をせよと？」

　憤怒のあまり、テーブルに載せた二つの拳《こぶし》をワナワナと震わせるサ藤。

　今ならベル乃《の》でなくともその振動を地上に伝え、王都に地震を起こすことができそうだった。

「別に夫人と寝台まで共にする必要はないと思いますの。サ藤様ほどの美少年はわたし、見たことがございませんし、サ藤様でしたらちょっと愛想《あいそ》を振って、おねだりするだけで、夫人もコロッといくと思いますのよ」

「なんにせよ、僕にも矜持《きょうじ》というものがあるッ！」

『いいじゃんか、サ藤。オレちゃんは名案に聞こえたぜー？』

「レヴィ山！　貴様、面白《おもしろ》がっているだけだろう！　怒るぞ、僕は⁉」

　審判役だから覗《のぞ》き見しているのは構わないが、通信魔法で口出しまでしてくる僚将《りょうしょう》に、冗談でも腹が立つ。

「他《ほか》にも手段がないわけではございませんが、わたしが思いつく中ではそれが一番、手っ取り早いのですけれど……」

「クソ……クソ……クソ……っ」

　サ藤は何度も悪態《あくたい》をつく。

　今回の勝負が速さ比べである以上、話の早さを持ち出されたら反論できない。

（……わかった。……これもゲームに勝って、ケンゴー様にお褒《ほ》めいただくためだ）

それを思えば一時の屈辱、何ほどのものかと己に言い聞かせるサ藤であった。

†

タンジェルは伯爵位《はくしゃく》を持つ歴とした大貴族であり、その所領は王都カーンより馬車で二日ほど離れた場所にあった。

役職を持ち、国政にも携わる貴族たちは通常、王都の上屋敷で暮らし、所領に帰るのは年に数度くらいのこと。タンジェルもまた例外ではなかった。

しかし、夫人の方は転地療養を口実に、伯爵領に引き籠《こも》っていた。

無論、その真相は夫の目の届かぬ場所で、美少年たちをとっかえひっかえにするためである。

夫人は名をクレレマといい、チャリティ活動に熱心だった。

月に一度、領内の子どもを集めて茶菓子を振る舞い、また方々から招いた劇団や楽団、曲芸団の上演を見物させた。

クレレマは心から領民を愛する、素晴らしい伯爵夫人だった。

ただ一方で少年のことも心から愛しているので、集まった子どもたちの中から好みの美童を見つけると、くわえこまずにいられないだけだった。

それも別に、権力ずくで無理やりなんて趣味ではない。

少年の方も性に芽生える年ごろだし、今年で三十一歳のクレレマも素で美人なのと若作りに余念がないので、双方ウィン・ウィンで懇《ねんご》ろになるという構図だ。


そのチャリティーパーティーに、サ藤とリモーネは潜入した。

七月の開催日まで、待つこと約十日後のことである。

農民の子に変装するのに、お転婆《てんば》なリモーネはノリノリだった。

一方、サ藤は朝から気が滅入《めい》った。

魔界なら奴隷でも着ない粗末な衣服に袖《そで》を通し、敢《あ》えて土埃《つちぼこり》で全身を汚す。

（こんなところを他の七大魔将《れんちゆう》に見られたら、一生笑われるだろうな。ああいや、レヴィ山は監視しているんだった。後で念入りに殺そう）

心に決める。

と同時に心を殺して人族《サル》どもの子ども《ジャリ》に交ざり、魔界なら犬でも食べないような粗雑な焼き菓子を口にし、魔界なら騒音罪で処刑を言い渡されてもおかしくない（主にサ藤から）田舎《いなか》楽団の演奏を聞かされた。

我慢我慢……。減点減点……。

なおパーティー会場には、領主のお屋敷の離れの裏庭に当たる原っぱが使われている。

だいぶ端っこで管理もおざなりな一角とはいえ、曲がりなりにもご領主様のお庭の一部を、平民に開放しているのだから度量がある。

そこで百人を超える子どもたちがはしゃぎ回り、また楽の音に合わせて踊り歌う。

みな笑顔で、苦虫を噛み潰《つぶ》したような顔をしているのはサ藤一人だった。

だから目立ったというわけではないだろう――

「坊や。そこの坊や」

エプロンドレスを着た屋敷付きのメイドに、ひそめた声をかけられた。

如何《いか》にも子どもウケしそうな、優しそうなお姉さんだ。

(早速、来たな)

(来ましたわね)

サ藤は隣にいたリモーネと目配せを交わす。

この小娘は心底から楽しげに歌っていたので、目的を忘れていないか気を揉《も》んでいたのだが、さすがに杞憂《きゆう》だった。

一瞬で王女の顔に戻っている。

逆にメイドの方は、こちらのやりとりにまさか気づかぬ様子で、

「あっちにもっと美味《おい》しいお菓子があるのだけれど、内緒でお姉さんたちと一緒に食べない?」

「よかろ―― いいですよ」

人族の下女相手に、丁寧語を使わねばならばい屈辱に堪えながら、サ藤はうなずく。

我慢我慢我慢我慢……。減点減点減点減点……。

リモーネはその場に残し、メイドに誘われるままに、離れへとついていく。

魔界の大公たるサ藤からすれば掘っ立て小屋も同様だが、人界のコモンセンス的には立派な三階建ての別館。

さすがは離れといっても伯爵家のもの。

中で茶菓子と待っていたのは無論、領主夫人のクレレマである。

「まあまあ、特別に可愛《かわい》い子ね。さあさあ、こちらにいらっしゃい」

豪奢《ごうしゃ》な寝椅子《ねいす》にしどけなく身を横たえていた彼女は、猫撫《な》で声で言った。

自分のお腹《なか》の前辺りに腰かけるよう、ぽんぽんと叩《たた》いて示した。

情欲で濡《ぬ》れたようなその眼差《まなざ》しは、サ藤の顔にもう釘付《くぎづ》けである。

サ藤が子どもたちの中で目立っていたのは、決してつまらなそうにしていたからではない。

美男美女が当たり前の魔族においても、なお特級の美少年であるサ藤は、たとえ身をやつし、顔を土埃で汚しても、自《おの》ずと輝きを発するような見目麗《うるわ》しさがあったからだ。

クレレマは離れの窓からそれを見初め、メイドを使って招き寄せたのである。

一方、そのクレレマは美人といっても、あくまで人界基準。

魔界であれば、いいとこ中の下だ。

しかも魔法文明の発達していない人族の、稚拙《ちせつ》な技術で作った白粉《おしろい》を塗りたくっている。

近寄ると、匂《にお》いだけでサ藤は胸焼けしそうになる。

服装も褒められたものではなかった。

まだ昼前だというのに、胸元《むなもと》のガバッと開いた夜会用のドレスを着用。

クレレマはスタイルだけは魔族顔負けで、それを見せつけるかのよう。


(アバズレめ。あのアス美でももう少し慎《つつし》みが——いや同レベルか)

サ藤は極端に他者に関心がないのと同様、色恋にも興味がなかった。

ひたすらゲンナリさせられていた。

それでもこの伯爵夫人を降伏派に転向させるため、まずは従順な少年のふりをする。

寝そべった熟女のお腹の前辺りに、言いなりに腰かける。

世が世なら残虐《ざんぎゃく》な方法でぶち殺している。

そんなサ藤の気も知らずに、

「お菓子は如何《いかが》かしら?　外にあるものより、ずっと美味しいのよ?　試してみて?」

クレレマはサイドテーブルへ手を伸ばすと、皿に盛られていた焼き菓子を一つまみ。

こちらの口元まで運んでくるので、サ藤は渋々幼児のように食べさせてもらう屈辱に耐える。

（そもそも僕は、甘いものが嫌いなのだがな）

酒が飲みたい気分だった。それも胃の腑《ふ》が焼けるような火酒を。

苦虫ごと咀嚼《そしゃく》している気分でいると、

「はわ、はわわ……食べているところまで可愛いわ♥　もうダメっ。こんな綺麗《きれい》な子は初めてっ♥

いつもならもっとおしゃべりを楽しむところだけど、もう我慢できないっ♥♥♥」

伯爵夫人が戯言《ざれごと》を吐き散らかすと、壁際に控えていたメイドたちが心得たように、窓のカーテンを閉め切る。

周囲の目がなくなるのが早いか、クレレマは先ほど菓子をつまんだ手で、今度はサ藤の尻《しり》を撫で回してきた。

ぞわわっ――と生理的嫌悪感でサ藤の肌が粟立《あわだ》つ。

魔界広しといえども、サタン家の麒麟児《きりんじ》に鳥肌の立つ想いを味わわせしめた者など、数えるほどもいないというのに！

我慢我慢我慢我慢我慢我慢我慢我慢……っ。減点減点減点減点減点減点減点……っ。

サ藤は舌を噛む想いで、不快感に耐える。

「まあ、照れちゃって♥　初心《うぶ》なのね、坊や♥」

（ハァ？　誰がだ？　いつ照れたというのだ？）

「でもお姉さんには、我慢せずに好きなだけ甘えていいのよ♥♥♥♥♥」

いよいよ調子に乗ったクレレマは、サ藤を背後から抱き寄せる。

さらに寝椅子へ引きずり倒す。

そして体勢を入れ替え、伯爵夫人の方が覆い被《かぶ》さるような格好になると、その深い胸の谷間でサ藤の紅顔を包み込む。

贅肉《ぜいにく》の塊《かたまり》にぶよぶよと顔面を弄ばれ、クドい白粉の匂いで鼻腔《びくう》を蹂躙《じゅうりん》され、サ藤は額を青筋だらけにした。

（あまり僕を怒らせるな）

我慢我慢我慢我慢我慢我慢我慢我慢我慢我慢我慢我慢我慢我慢……！

（頼むから僕を怒らせるな）

減点減点減点減点減点減点減点減点減点減点減点減点減点減点減点……！

呪文のように胸中で唱え続けるサ藤。

その甲斐《かい》あったか、どうにか「憤怒《ばくはつ》」に堪えることに成功。

やがてこちらを抱くクレレマの手も緩み、おっぱいの谷からも解放される。

だからサ藤も顔を上げて一呼吸、新鮮な空気を貪《むさぼ》った——

まさにその瞬間——

「はぁ、お菓子の代わりに食べちゃいたいわぁ♥」

――伯爵夫人の口で口を塞《ふさ》がれた。

サ藤は唇を奪われていた。


これがファーストキスだった。


「いい加減にしろよババァァァァァァァァァァァァァァァァァァァッッッッッ」

喉《のど》から絶叫を迸《ほとばし》らせるサ藤。

「憤怒」の魔将の宿業を、もう抑えることができない。

まさしく怒髪天を衝《つ》いて咆哮《ほうこう》していた。

†

一方、魔王城である。

ケンゴーは午前の執務が早く片付いたのもあり、レヴィ山を訪ねることに。

「サイラントの侵略――皆、順調であるか？」

「いやあ、さすが見応《みごた》えありますよ。嫉妬《しっと》を禁じ得ませんよ。我が君もご覧になります？」

先日と同様に貴賓室《きひんしつ》へ招いてくれたレヴィ山は、探知魔法と幻影魔法を組み合わせて、現地

映像をローテーブルの天板へ投影してくれる。

まずはベル原の様子から。

「怠惰《たいだ》」の魔将は一軍を指揮しているところだった。

数は一万くらいだろうか？

それも異様な――歩く骸骨《がいこつ》たちの軍勢だ。

無人の荒野を征《い》き、地方の小都市を重囲するや、無血開城を迫って脅す。

嘲笑《ちようしよう》しているのだろうか？　無数の骸骨たちがカタカタと顎歯を打ち鳴らし続ける様は、まさに悪夢の如《ごと》き光景だった。

こんな連中に囲まれたら、ケンゴーだったらおしっこチビる。


「……ナニコレ？」

「町を一個降参させるごとに、人族《サル》どもの墓を暴いて死霊魔法《ネクロマンシー》を使って、死者の軍団を増強しながら進攻してるんですよ。で、イマココって感じです」

「エゲツねえ……」

身の毛もよだつようなベル原のやり口に、ケンゴーはドン引きする。

「ねー。さすが魔界随一の智将って感じですよねー。やー嫉妬するなー」

対照的にレヴィ山はカラカラと笑っている。

このグロ映像を見ながら。

「サルどもが信仰する天帝教じゃあ、魔族と勇敢に戦って死んだら天国へ行けるって教えてるんです。でもね、この骸骨の軍勢を見たら、外付けハリボテの勇気なんか萎《な》え尽きますよ。死後に天国へ行けるどころか、こうやって永遠に使役され続けるんじゃないかって想像したら、もう地獄すぎて全力で命乞いしますよね」

「ああ、うん、わかるわ……」

ケンゴーが脅されているわけでもないのに、恐怖で口調が素になっている。

「まさに天帝教で言うところの『終末の日が来たれり』って光景スよ。あいつらの聖典の一節にある『地獄の釜の蓋《ふた》が開いた』ってやつスよ。熱心な信徒ほどビビるでしょうね」

レヴィ山が実は博識なところを、嫌味なく見せて解説する。

（まあ、メチャクチャ怖がらせた方が、かえって戦わずに降参させられるって理屈はわかるんだけどさあ……。これ、今回の勝負の趣旨的にはアリなん？）

ケンゴーは釈然としない想いで、審判さんどうなん？　という眼差しを向ける。

果たしてレヴィ山は両腕で大きな○を作って。

「死者を冒瀆《ぼうとく》してるだけで、人族を殺しても傷つけてもないってところが、頓智《とんち》が利いてますよねー。さすがベル原っすよねー」

「そういう解釈かよ……」

ケンゴーは理屈を聞いても釈然としなかったが、しかし「死者の冒瀆もアウツ」とはっきり明文化しなかった方が悪い、ルールの不備だと言われたら反論もできない。

（というかそんな発想すらなかったわ……）

これはケンゴーが迂闊《うかつ》だったか、それともルールの死角を衝くベル原が数枚上手《うわて》か。

後者であると信じたかった。

続いてマモ代の様子が映し出された。

といっても「強欲」の魔将本人ではなく、彼女の分身体である影が、カフホス王国の重臣と密談している現場だ。

『せっかく公爵家の嫡子として生まれ、位人臣を極め、栄耀《えいよう》栄華をほしいままにしたところで、死ねば一巻の終わりだ。仮に天国へ迎えられたとて、天帝の奴隷として有象無象《うぞうむぞう》どもと公平に虐《しいた》げられるだけだ』

「い、嫌でございます、マモ代様！　そんな死後は真っ平だ！」

『私に魂を売れば、永劫《えいごう》不滅とは言わぬが、貴様の寿命をあと千年は伸ばしてやれる。どうだ？　欲しいか？』

「お願いします、マモ代様！　私めに変わらぬ栄耀栄華を！　あと千年、味わい尽くす権利を！　どうか、どうか、どうか、どうか！」

『ククク浅ましい奴だな。魂を売り、国を売り、周囲になんと謗《そし》られようと構わぬのだな？』

「なんと言われようが、所詮は下賤《げせん》や無能どもの嫉妬！　気にも留めませぬ！」

『クククよかろう、気に入った。では今後は私の言う通りに動け』

「ははーッ」

壁に映る影だけのマモ代に向かって、老いた貴族が恥もなく平伏し、舌を伸ばして舐《な》める。


「こっちもこっちでエゲツねえな……」

「まだまだこんなもんじゃないっすよー」

レヴィ山がカラカラと笑いながら、次々と現地映像を切り替える。

マモ代の分身体《かげ》が、カフホスのそこかしこで暗躍していた。

野心と家柄が釣り合っていない能吏に破格の縁談を仲人し、好色な将軍には人族を超越した美貌《びぼう》を持つダークエルフの娘を宛がい、借金で首が回らなくなった落ちぶれ侯爵には金塊をチラつかせてみせる。

要職にある者たちの欲望を巧みに刺激し、願望を満たしてやることで手駒に加えていく。

王国一個、じわじわと蚕食していく。

（なんやろ……エゲツないことやってるんだけど、ベル原の地獄の軍勢を見た後だと、マモ代の暗躍《どりよく》がいじましく見えて応援したくなるな……）

だいぶケンゴーの脳も魔界の空気にやられているのかもしれない。

「しかもマモ代の奴、他にもなんか影でコソコソやってますよー」

「お、驚かすようなことを申すな……」

「さすがオレちゃんにもなかなか尻尾《しっぽ》をつかませないんですけどね。多分、ベル原たちの侵略を遅らせる、妨害工作を企《たくら》んでるなー」

「ファッ⁉」

「これもルールじゃ禁止されてないですからねー。いい着眼点してますよねー」

「………………」

レヴィ山は感心と嫉妬頻《しき》りだったが、ケンゴーは内心いたたまれなかった。

（良かれと思った俺《おれ》のルール、不備だらけやん……）

まだまだ魔界の空気に、常識が追いついていなかった。

「いやー、さすが我が君っすよー。この手の創意工夫の余地をプレイヤーに残すために、敢えての**ガバガバ**ルールだったんでしょー？　おかげで見てて楽しいですし、審判役としては助かります。も～我が君ったらゲームマスターとしても一流であらせられるんだから～～～」

ホントにいたたまれないからやめて！

「それで、肝心のサ藤はどうなっておる？」

ケンゴーは話題を変えたいのと、ジッサイ弟分が気になるのとで次を促した。

釈然としないところはあれど、さすがベル原とマモ代は知恵者ぶりを発揮し、着実に侵略を進めている。

サ藤にも大いに健闘していてもらいたいところである。

「いま現地映像を出しますから、お待ちあれー」

レヴィ山が術式を編み、ローテーブルの天板へ映し出した。

すると――

『BAOOOOOOOOOOOOOOOOOOOOOOOOOOOOOOOOOOO！』

いきなり映った炎の巨人が、天をも焦《こ》がさん勢いでブレスを上に噴いていた。

『サ藤様！　早くアレをなんとかしてくださいまし！』

将来、美人になりそうな少女（ケンゴーは知らなかったがリモーネ）が絶叫していた。

『うるさい！　いくら僕でも自分の分身体《かげ》相手は厄介《やっかい》なんだ！　黙って見ていろっっっ』

サ藤が巨人を相手に時空震撼《しんかん》魔法バトルを演じていた。

「……ナニコレ？」

「はい、我が君。サタン家の当主は『憤怒《いかり》』が頂点に達した時、暴走した魔力が炎の巨人か竜となって具現化するんですよー」

レヴィ山がカラカラ笑いながら解説した。

「ベル乃のハラペコバーサーカーモードみたいなものか……？」

「あれより滅多に起こるもんじゃない分、一度発現したら手が付けられないっすねー」

「ベル乃の『オナカスイタァ』より手が付けられないのか……」

ベル原の地獄の軍勢を目の当《ま》たり《あ》にした時以上に、ケンゴーはドン引きした。

顔面を痙攣させながら現地映像を見守った。

どういうシチュエーションかは知らないが、子どもたちが百人から付近にいて、全員が恐怖で泣き叫んでいた。

近所にある屋敷が松明《たいまつ》のように炎上し、貴婦人やメイドたちが逃げ惑っていた。

『サ藤様！　この始末、どう付けるおつもりですの！』

例の可憐《かれん》な少女が、サ藤を大声で責める。

恐怖のあまりに他の子どもたちが、タガが外れたように笑い出したのを、抱いて慰めつつ。

「うるさい！　何もなかったように忘れさせてやればいいんだろ⁉　後でまとめて魔法で記憶をいじってやるから、黙って見ていろ！　あまり僕を怒らせるな！」

サ藤が極大火炎魔法をぶつけて巨人の極太ブレスを相殺《そうさい》させながら、怒鳴り散らした。


そんな始末に負えない映像を見て、レヴィ山が一言、

「やー。**減点千**くらいっすかね」

「おおおおおおお……」

ケンゴーは頭を抱えずにいられなかった。

第四章　君主像

ルシ子《こ》は約十日ぶりに、アス美《み》らとともに「蒼華繚乱《ブルーブロッサムブルーム》の庭」へ来ていた。

「ぬしも暇そうじゃの。これから女《がーるず》だけの花見《ぱーてぃー》をやらぬか、ルシ子や?」

「ハァ?　なんでこのアタシが、あんたらの程度に合わせてあげないといけないわけぇ?」

「そりゃぬしとサ藤《とう》のせいで、先日の花見が台無しになったからよ」

「わかったわよ埋め合わせしてあげるわよ!」

――という心温まるいきさつがあったのだ。


植樹されたばかりのビジュラの、青い花が満開の庭。

アス美が召喚したピンクの絨毯《じゅうたん》(センスがババア)に、宮廷料理人が用意した弁当の山。

参加者は他《ほか》にベル乃《の》と――シト音《ね》。


「レヴィ山《やま》の妹が来るんなら、アタシ来なかったのに」

「なんじゃなんじゃ、ルシ子らしゅうもない。弱い者いじめか?　新人いびりか?」

（いやむしろこいつチョー強いでしょうよ！　女子力が!!）

内心そう思っていても、「傲慢《プライド》」が邪魔して口が裂けても言えないルシ子。

ケンゴーの寵《ちょう》を争うライバル選手権に、突如として強豪シード校の如《ごと》く現れたシト音の存在は、ここのところずっとルシ子の胸中を穏やかならざるものにしていた。

（アタシだって別にシト音と仲良くしたくないわけじゃないのに。こいつがケンゴー以外の男を好きだったらよかったのに。その一点を除けばとってもイイ奴《やつ》なのに）

内心そう思っていても、「傲慢《プライド》」が邪魔して口が裂けても言えないルシ子。

代わりにアス美へは憎まれ口を叩《たた》く。

「いじめんなって言うなら、マモ代《よ》はどうすんのよ？　あいつはハブっていいわけ？」

「マモ代はどうせ呼んでもこんじゃろ？」

「ゴメン、来てもお互い不快なだけだったわ」

「わかったらホレ、ぬしも楽しもうぞ」

アス美がシト音とベル乃を指し示す。

何をしているのかと窺《うかが》えば、

「ベル乃様、どうぞ召し上がれ」

「……あーん」

「こちらは私めが焼いた菓子で、お粗末様でございますが」

「……美味《おい》ひい、美味ひい」

幼児の如くだらしなく口を開けて待っているベル乃へ、面倒見のいいシト音が甲斐甲斐《かいがい》しく菓子を食べさせてやっていた。

「ベル乃ぉ！　あんたまでナニそいつに餌付《えづ》けされてるわけ⁉」

「……美味ひい、美味ひい」

勝手に裏切られた気分で怒鳴るルシ子。

恥知らずにも菓子を貪《むさぼ》り続けるベル乃。

「いいわよ、そっちがその気なら！　アンタを懐柔するくらい、別にそいつじゃなくたって楽勝なんだから！」

ルシ子はシト音をライバル視するあまり、もうあらゆる分野で負けているのが我慢ならず、勝手にベル乃の餌付け合戦を開始する。

弁当からテキトーにおかずをつかみ、ベル乃の口元へ突きつけると、

「ホラ。あーん」

「……プイ」

「なんでアタシのは食べないのよおおおおおお⁉」

「……心のこもっていない料理は人を感動させることはできない」

「普段、ブタのエサでも喜んで貪ってる奴が急にグルメ親父《おやじ》ぶったこと言ってんじゃないわよ

パク。

まに食らいつく。

でもシト音が執り成すようにお手製の焼き菓子を差し出すと、それには「暴食」の本能のまま、断固としてルシ子の餌付けを受け付けなかった。

ベル乃はそっぽを向いたまま、断固としてルシ子の餌付けを受け付けなかった。

「……プイ」

おおおおおおおおおおっっっ」


(アタシの負けええええええええええ⁉)

激しく「傲慢《プライド》」を逆撫《さかな》でされるルシ子。

「ほほほ！　形無しじゃなあ、ルシ子。まあ、心のこもった手料理に勝るものはないぞ」

その様が面白《おもしろ》くてならないのか、笑い転げるアス美。

ルシ子は歯軋《はぎし》りして、

(あ、あ、アタシだって別に料理ができないわけじゃないのよ⁉　ケンゴーに食べさせてあげたくって昔から練習してるのよ⁉　でもまだ**宮廷料理人の域には達してないから**、人前に出せるレベルじゃないってだけで！)

どこまでもプライドをこじらせた女は、どこまでも面倒臭い思考法をしていた。

「もう諦《あきら》めて、ルシ子も仲良くしよ～ぞ～～～」

揶揄《やゆ》するようにアス美がころころ笑う。

こちらを煽《あお》るように、シト音の膝枕《ひざまくら》に甘え始める。

それをルシ子はジト目でにらむ。

「急に花見なんて言い出した、あんたの魂胆が読めたわ。このごろアタシとシト音が何かにつけて張り合ってるのを見かねて、仲良くさせようってわけね」

「いやどう見てもシト音はぬしなど歯牙《しが》にもかけておらぬし、妾《わらわ》が見かねたのは一人で空回っておるルシ子じゃ」

「個人の感想ね！　アンタがそう言うならアンタの中ではそうなんでしょうね！」

アス美がなんと言おうとルシ子は全力で否定した。

「つーかアス美、こないだ言ってたわよね？　アンタも正妃の座を狙《ねら》ってるって白状したわよね？　こいつに盗《と》られていいわけ⁉」

「うーむ……確かに勝機《わんちゃん》があれば欲しいがな。妾にとってそこは絶対《ますと》ではないからのう」

これも憶えておるか？　とアス美は続け、

「妾は男も女も両方イケるのじゃ。ゆえに妾にとって一番の望みは、主殿《あるじどの》が美女だらけの後宮《はーれむ》を築いてくれて、皆でくんずほぐれつ愛し合いたいのじゃ。それこそ3P《さんぴー》ができるならルシ子が正妃で構わぬし、ベル乃も入って4P《よんぴー》できればなお良しじゃし、シト音が加わって5P《ごぴー》なら言うことなしじゃし、マモ代が混ざって6P《ろくぴー》でも毒喰《く》らわば皿までの気概じゃ」

「フケツ！　アンタの願望マジ爛《ただ》れすぎ！」

ちょっと想像してしまったルシ子は、頬《ほお》を赤面させながらツッコむ一方、

「ベル乃とシト音はどうなのよ！　アス美の奴こんな邪悪なこと企《たくら》んでるわよ⁉　今のうちに退治しとくべきじゃないの⁉」

「……みんなの魔力も食べ放題、飲み放題？　行く、行く」

「み、皆様、優しくしてくださいましね」

「ここに正常《まとも》な奴がアタシしかいなあああああああああいっっっ」

なんにも考えてなさそうに己《おのれ》の食欲に忠実なベル乃と、照れ臭そうに顔を手で覆うシト音に、ルシ子は連続ツッコミをかます。

一方、アス美が急に真面目《まじめ》な顔つきになって、

「とゆ～～かさ～～～～～～、独占欲丸出しなのってルシ子とマモ代だけじゃぞ？　主殿ほど優れた殿方を独り占めしようとすれば、周り中が敵だらけになると以前、忠告したぞ？」

「ハァ⁉　アタシがあの強欲女と同レベルって言うわけ⁉」

「まあ、こと主殿に関してはそうと言うしかない」

「ぐっ……」

アス美に冷静にツッコミ返され、ルシ子は反論に詰まる。

また顔を上げたシト音も真剣な顔つきになって、

「ケンゴーさまのことがわだかまる限り、ルシ子様は私めと仲良くしてはくださいませんか？」

潤んだ目で訊《き》いてくる。哀願してくる。

（なんて恐ろしい女！　こいつのこういうところが、男の保護欲をかき立てるのよ!!）

そう歯噛《はが》みしつつ、実は男も女もなくルシ子自身が一番、保護欲をかき立てられている。

しかもアス美が見透かしたようにニタリと笑うや、「ミニあすみちゃん」とでも言うべき、ぬいぐるみサイズの分身を二つ、魔法で器用に作り出して、

「もう意地張るのやめようよー☆」

「みんなで仲良くしようよー☆」

とルシ子の左右の耳元から、くすぐるようなささやき声を吹きかけてくるではないか！

「い、嫌よ！　誰に何と言われようと、アタシはアンタらと馴《な》れ合いなんかしないんだから!!」

これ以上ここにいたら理屈と情の両面からほだされて、みんなで楽しく花見をしてしまいそうだった。「傲慢《プライド》」を守れなかった。

だからルシ子は後ろ髪引かれる想《おも》いを振りきり、脱兎《だっと》のように逃げ出した。


ところが「蒼華繚乱の庭」を出てすぐに、ケンゴーとばったり出くわす。

いや、あちらはルシ子を捜していたらしい。

「ちょっと相談があるんだけど、花見中だって聞いてさ」

と声をひそめ、周りを警戒しながら話しかけてくるヘタレチキン。

「いや、ちょっとってレベルじゃないな。ルシ子――おまえにしか頼めない、話すこともできない相談事なんだ」

乳兄妹《ちきょうだい》の深刻な表情に、ルシ子も意識を切り替えることに。

でもちょっとドギマギしながら、

「じゃ、じゃーアタシの部屋行く？」

「スマン。頼む」

ケンゴーが拝むようにしてきた。

ここでオトメの寝室に招くくらいダイタンになれたらいいのだが――

二人で移動したのは歴代ルシファラント大公が、魔王城内に用意した執務室という、乳兄妹に負けないヘタレチキンぶりを発揮してしまうルシ子（なお自分は日頃《ひごろ》からケンゴーの寝室へ、平気で突入しまくっていることには無頓着《むとんちゃく》）。

応接用のソファをケンゴーに勧めながら、

「内緒の相談って何？」

「サ藤がヤバい！　あれじゃベル原《はら》とマモ代に逆立ちしても敵《かな》わない!!」

「え、今さら？」

悲嘆調になって訴えるケンゴーに、ルシ子は逆にびっくりした。

ひどく深刻になっているから、いったい何事かと思えば、これだ。

「まさか、それで逆転勝利させたいってわけ？」

「いや、それは絶対無理だと思う。俺《おれ》も現実を思い知った」

さすが状況さえ把握すれば、全く高望みをしない男。

ヘタレチキン魔王ケンゴー。

「ただな、勝てないにしても負け方ってもんがあるだろ？　サ藤だって男の子なんだし、あんま無惨に差がついたら、いたたまれないだろ？　そういう心理、傲慢《ごうまん》サンならわかるだろ？」

「最後一言よけいだけど、まあわかるわ」

「だから、せめてもうちょっと健闘させてやりたいんだ……っ」

「なるほどねえ」

乳兄妹の対面に腰を下ろしながら、ルシ子は納得した。

要するにケンゴーは、なんらかの手段でサ藤に肩入れをしたいと言っているのだ。

「アンタにしちゃ思いきったこと考えたわね」

「公平さを欠く行為なのは重々、承知だ。ただサ藤の負け自体は変わらなくて、惜敗にしてやる程度の介入なら、ギリ許されるかなって……」

「でもバレたらマモ代やベル原の不興を買いそうだから、内密にしたいってことでしょ？」

「そうなの！　クーデター待ったなしはイヤアアアアアアアアアアッ」

顔を覆って悲嘆に暮れるケンゴー。

これが歴代最強と目されている魔王とは、誰が思うだろうか？

（シト音だってまさかここまでザコっぽいとは思ってないでしょ？）

と、ちょっとした優越感にルシ子は浸る。

「それでアタシに手伝って欲しいわけね？」

「ああ。俺の魔法技術じゃ、審判《レヴィやま》にバレないようにこっそり介入なんて不可能だ」

ビビりだからこそ、自分の能力不足を正確に見積もるケンゴー。

この乳兄妹は昔から我が身大事、命大事で、「防御魔法《プロテクション》」「回復魔法《ヒーリング》」「解呪魔法《ディスペル》」の研鑽《けんさん》には余念がなかった。

その三種の技術だけなら、余人をまるで寄せ付けない高みにあった。

回復魔法は典医家《ブフェル》の総領に迫り、防御魔法は魔界随一、解呪《かいじゅ》魔法に至っては史上屈指の域に到達している。

だが逆に言うと、その三種以外は大したことがない。

もちろん、魔界の一般水準よりは遥《はる》かに卓越しているが、七大魔将クラスの基準でいえば、「ビミョ」と見做《みな》すしかない。

その点、ルシ子は器用貧乏苦手な魔法が存在しないので、どんな状況でもサポートできる。

「アンタがどおおおおおおおおおおおおおしてもって言うなら、手伝ってあげてもいいけどぉ？」

本当は二つ返事でＯＫなのに、もったいぶらずにいられない「傲慢《ルシファー》」家のお姫様。

他の者ならカチンと来ただろうが、この乳兄妹は気にした風もなく拝んでくる。

「頼む。どうしてもだ。こんなんルシ子以外に頼める奴はいない」

能力の問題でも、何より信頼の問題でも、他にはいないからと。

すがるようなケンゴーの目が、雄弁にそう語っている。

「しょうがないわねえ！　アンタってこのアタシがついてないと、ほーんとダメダメ魔王なんだから！　この才能あふれて優しくて綺麗《きれい》な乳兄妹に感謝しなさいよね！」

「マジでな。みんな誤解してるけど、俺は一人じゃ何もできない魔王なんだよ。おまえみたいな頼れる奴に支えてもらわないと、やってけないんだよ」

「いいわ！　その調子でもっとこのアタシを褒《ほ》め称えなさい！」

半ば冗談、半ばルシファーの業で、得意げに命じるルシ子。

「ルシ子ちゃん、可愛《かわい》いよ！　魔界一、可愛いよ！」

ケンゴーもノってくれて、調子のよい言葉で囃《はや》し立てる。

でも半分は本音だったらいいなと、ルシ子は乳兄妹の胸中へ想いを馳《は》せる。

そしてまた、

（あーあ、自分でも現金だと思うけど――）

ルシ子はすっかり機嫌を直していた。

今ならシト音とも仲良くできる気がした。


一方でケンゴーである。

乳兄妹《おさななじみ》がそんな乙女心《おとめごころ》を揺らしているとも知らず、頼れる相談相手が見つかってホクホク顔。

早速、あーでもないこーでもないと話し合う。

ただ今回、あからさまにサ藤を助けるわけにはいかないという条件もあって、なかなか互いに名案を出せない。

加えてルシ子が指摘する。

「そもそもの話、サ藤は大して助けなんか必要としてないのよ。アイツは決してポンコツじゃない。アタシには勝てないけどメチャクチャ強いし、魔法も得意。アタシみたいな知恵者ってほどじゃないけどバカってこともない」

「だよな！　だよな！　サ藤だってデキる子だよな！」

ケンゴーは心の底から同意する。

もし本当にポンコツだと思っていたら、そもそも任務を与えたりなんかしない。

「結局さあ、サ藤はものの考え方も含めて、やることなすこと極端なのよ。超高速兵糧攻めなんかまさにそうでしょ？　ちゃんと頭も使ってる。でも理屈一辺倒になっておバカに見える」

「いや、さすがやでルシ子センセ……いちいち腑《ふ》に落ちるわ。納得だわ」

相談してよかったと、ケンゴーは感激する。

自分のことは見えないのに他人のことはよく見えるんだなあと、ケンゴーは感心する。

「帰るわよ？」と、ルシ子ににらまれる。

それは平謝りして縋《すが》って引き留めて、相談続行。

一人でウダウダと悩むより、やっぱり誰かと話している方が、論点も整理できるもので、

「要するにアイツのキレやすさが、今回のゲームだと超不利になるってわけよ」

「だな。その問題を解決しない限りは、サ藤は無限に減点を蓄積するだけだ」

そんなザマでは手助けもクソもなくなる。

「なあ、ルシ子センセ。なんでサ藤はあんなにキレやすいんだ？」

「そりゃ『憤怒《サタン》』のサガだからじゃない？」

ルシ子はケロッとして即答した。

だけどこれは、ケンゴーは合点がいかない。

「それはおかしくね？　俺の前ではあいつ、一回もキレたことないじゃん。いっつも怒ります、怒りますって口ばっかじゃん」

「そんなのアタシは知らないわよ」

「そこはケロッとして言うなよ！　相談に乗ってくれよ！」

「乗ってあげたいけど、アタシだって知らないものは知らないの！」

ちょっと口論になりかけたが、ルシ子の方が正論だったのでケンゴーも引き下がった。

というか下手《したて》に出て、

「知らないなりに、なんか推測の一つも聞かせてもらえませんか、ルシ子センセ」

「うーん……さっきも言った通り、サ藤って考え方が極端だし、それって単細胞ってことだし、
案外、深い理由なんてないかもよ？」

「もう一声！」

「てかさー、それこそアタシに聞くくらいなら、アイツに直接聞いた方が速くない？」

「エエー」

全身を使って気乗りしない意思を伝えるケンゴー。

ルシ子がイラッとした様子で、

「なんでそんなに嫌なのよ!!」

「だって、もしかしたらサ藤の心の地雷を踏むかもじゃん……。そしたら嫌われて、最悪の話
クーデターじゃん……」

「ほんとヘタレチキンねえ」

呆《あき》れ顔になるルシ子。

それから嘆息。

やがてローテーブルの向かい側で、柔らかい表情を浮かべると、

「聞いてみなさいよ。サ藤の心の中に、踏み込んでみなさいよ。アンタだって弟分のことが、気になって仕方ないんでしょ？」

諭《さと》すように、噛んで含めるようにそう言った。


それでケンゴーも思い出す。

以前、シト音にも似たようなことを言われた記憶がある。

――その『お恐《こわ》いサ藤様』ごと可愛がって差し上げるような、そんなお気の持ちようでいらっしゃるのが大事ではないでしょうか。

と、アドバイスしてくれた。


でもルシ子は、もっともっと勇気を出せという。

「最悪、クーデターが起きたっていいじゃない――」

柔らかい表情のまま、テーブルへ身を乗り出すようにして、その顔を近づけてくる。

「――その時こそアタシを頼ればいいじゃない。一緒に戦ってあげるから。ルシファーの一門が本気を出したら、サタンの一門が総出でかかってきたって負けないんだから」

ルシ子の額《ひたい》がケンゴーの額に、コツンと当たる。

そのままピッタリ、おでことおでこを触れ合わせる。

そこからじんわり、ルシ子の想いが伝わってくる。

ヘタレチキンの胸を温かくし、勇気を奮い起こしてくれるような、乳兄妹《おさななじみ》の思い遣《や》りが。

「……わかった。……話し合うよ。だから、力を貸してくれ」

ケンゴーは肚《はら》を括《くく》った。

でもまだちょっとビクビクしながら言った。

「任《ま》っかせなさいな」

ルシ子はおでこを離すと笑った。

ついでとばかりに、ケンゴーにデコピンしていった。

ちっとも痛くなかったけれど。

†

サ藤はすっかり意気消沈していた。

談話室《サロン》のテーブルでため息ばかりついていた。

チャリティーパーティーでやらかした翌日。

王都カーン地下一キロに作らせた活動拠点内。

対面ではリモーネが自前の侍女《じじょ》たちに傅《かしず》かれ、茶を飲んでいる。

本来は王宮住まいの彼女らだが、刺客に襲われたあの日以来、ずっとここで暮らしている。

地上にいたら、またいつ暗殺者に狙われるかもわからないからだ。

首謀者が第一王子である以上、王宮内とて絶対的に安心とは言えなかった。

そのリモーネが、

「いい加減、元気を出してくださいまし。昨日までのあの偉そうなサ藤様は、どこへゆかれたのですか?」

キツい言葉で、でも優しい口調と声音で、励まそうとしてくれる。

「……うるさい……黙れ」

だけどサ藤は突っ撥《ぱ》ねてしまう。

心温まるような人との触れ合いに、普段から縁がないのだ。

他者に対して拒絶と攻撃すること以外、基本的に知らないのだ。

「……減点千だぞ、減点千。……もう勝つのは不可能だ。……サタン家の麒麟児《きりんじ》と呼ばれた、この僕が。……当代の〝赤竜王〟が。……ベル原やマモ代の如きに敗れるなんて」

「サ藤様のご事情はよく存じませんが、自分から諦めて良いことなど何もございませんわよ?

その〝べろはら〟様? や〝まもお〟様? だって同じくらいやらかすかもしれませんわ」

「……やらかしと言うな。……僕を怒らせるな」

しょげ返ったまま、反論にもボソボソと力がないサ藤。

サタン家は、遡《さかのぼ》れば初代魔王の実弟に系譜が行き当たるという、名門中の名門である。

家格として並び立てるのは唯一、ルシファー家のみ。

こちらは初代魔王の次男をルーツに持ち、この二家がまさしく両翼となって歴代魔王たちを支え続けてきたという、建国以来の実績がある。

他の七大魔将家と比べても、さらに別格の由緒があるのだ。

しかもサ藤は、歴代当主らより魔法の才に長《た》けると評判の天才児。

これほどの挫折、今まで一度も味わったことがなかった。

ショックに打ちひしがれるのも、当然かもしれなかった。

ルシファー家の人間も代々「挫折に弱い」と言われているが、あいつらは大して実力もない癖《くせ》にプライドばかり高くて、すぐにポッキリ折れてはうずくまって、でもしばらくしたら鼻柱を折られたという事実さえ忘れてまた傲慢に振る舞うという、性懲りもない家系だと思っているサ藤としては一緒にされたくない。

「……諦めるなという言葉を、僕に向かって軽々しく使うな。……おまえなんかに、僕の気持ちがわかるか？」

ただただ何もかもが恨《うら》めしく、これが八つ当たりだとわかっていても当たらずにいられない。

「それは魔族の気持ちなんて、人族のわたしにわかるわけがないですわ」

リモーネは茶菓子を頬張りながら、ケタケタと笑った。

世が世ならぶっ殺してやりたい――いや、そんな気力も今はない。

リモーネは命拾いしたことも知らず、調子に乗って続ける。

「でも、もしも人族も魔族も、その心の在り方にさほどの違いがなかったとしたら、わたしはサ藤様を慰めて差し上げたいですわ。また元気を出していただきたいですわ」

またガラリと優しい口調になり、そんなことを言い出す。

（人族も魔族も……心の在り方は一緒……か）

普段のサ藤なら、聞いただけで激怒しただろう。

世が世なら「一緒にするな、無礼なサルめ！」と手打ちにしていただろう。

でも今のサ藤は意気消沈、自信喪失しているので、真に受けて考え込んでしまう。

「……さて……どうなのだろうな。……そもそも僕は、魔族の心とてろくに理解しておらぬ」

独り言を呟《つぶや》くサ藤。

すると、リモーネが改まったように質問してくる。

「サ藤様は今、どうしてそんなに落ち込んでらっしゃるのですか？」

「……格下と思っていた奴らに、大差で負けそうだからだ。……生き恥をさらしているからだ」

「それはそんなに悪いことですの？　それとも、どうしても勝ちたい理由がございますの？」

「……勝ちたい。……勝って、ケンゴー様に褒めていただきたい」

「うふ。意外と可愛いところがございますのね」

「……笑うな。……怒るぞ」

サ藤は牙《きば》を剝《む》いて言った。

でも声音と口調が弱々しいままでは、まるで迫力がない。

「まあ恐い。でも、いま聞いた限りですと、サ藤様のお気持ちは全部、理解できますわ。人族と何も変わりなく聞こえますわ」

ほら、やっぱり、とリモーネはうれしげに微笑する。

「……魔族と人族は、決してわかり合えない存在ではないと申すか？」

普段の彼なら、そして恐らく多くの魔族が、一笑に付すだろう意見だ。

でも今のサ藤は、いつもより少しだけ彼女に興味があった。

他者というものに関心があった。

だから、試みに訊《たず》ねてみた。

「……リモーネは、どうして僕たちに降伏しようと決断した？」

それは今まで興味もなく、まるで頓着もしなかった王女の胸中。

だがよくよく考えてみれば、仮にも王族たる者が、いくら魔王軍が強大だとはいえ、降伏の道を探るなど屈辱ではないのか？

仮に自分だったら我慢できない。

初めて相手の立場に自分を置くという試みをやってみて、サ藤はそう思った。

「……前に言っていた、ベクターが羨《うらや》ましかったからか？」

「それは副次的な理由ですわね。一番は別にありますの」

「……教えろ」

「では一度、王宮に帰していただけますか？　一緒にバルコニーに立っていただけますか？」

そんなことは造作もないことだ。

サ藤はほとんど魔導を用いることなく転移魔法を完成させると、テーブルセットごとリモーネと二人、王宮のバルコニーに瞬間移動する。

「いつ体験しても、サ藤様の魔法はすごいですわねえ」

リモーネはもう感心していいのか呆れていいのか、判断つきかねるという顔。

それからしばし――昨日ぶりに浴びた――地上の風に目を細める。

城の三階、王が広く国民へ顔を見せるための露台だ。

人族国家によくある建築様式だ。

だから見晴らしがよく、風通しもよい（サ藤のその手の感性は摩滅しているが！）。

「ここから王都《カーン》の中央通りが、よく見えるでしょう?」

リモーネに指し示され、サ藤は確認してうなずく。

商業国家の都の、その目抜き通りである。

大店《おおだな》が所狭しと軒《のき》を並べ、尋常じゃない量の通行がある。

魔族は人族より遥かに長生きな分、人口だけは劣るから、魔界では滅多に見られない光景。

そして、遠く大通りを歩く人々の様子が――顔までが一人一人、意外とよく見える。

「わたしはここから見える景色が好きなのです。この国の民が好きなのです。だから、彼らが魔界の民となっても依然、幸せに暮らせるのならば、たとえ我が王家が滅びようとも本望なのです。まして勝てもしない戦に駆り立てるなど、絶対に嫌なのですわ」

それが、リモーネが降伏派となった理由。

「……綺麗事にしか思えない。本音には聞こえない」

サ藤は辛辣《しんらつ》に断言した。

民を想い、愛する王家?

人族の価値観では美談なのだろうが、それだけに嘘《うそ》臭い。

「嘘ではありませんわ。人は誰かに愛されれば、自分もその誰かのことが好きになる。ごく自然な心理ではなくて? そして、わたしは子どものころから国民《かれら》に愛されてきましたの」

リモーネは本当に愛《いと》おしそうに語ると、いきなり大きく手を伸ばし、バルコニーの外へと向けて振り始めた。

いったい誰に向かって手を振っているのか？

サ藤にもすぐわかった。

ここから目抜き通りを行く人々の顔がよく見えるということは、あちらからもバルコニーにいるサ藤とリモーネの顔がよく見えるのが道理。

大通りのあちこちで、リモーネに気づいた国民が――子どもたちが、恋人たちが、親子たちが、老人たちが、笑顔になって手を振り返してくるではないか。

これも魔界では絶対に、特にサタルニアではあり得ない光景だ。

「我が王家は、民の人気がございますの」

誇らしげにリモーネが言った。

「……恐怖で支配するのではなく、人気取りに腐心しているからだ。自由を与え、学を与え、媚《こ》びること甚《はなは》だしい」

またサ藤は即座に批難した。

「でも、それがいけないことですの？」

「惰弱である。無能である。恥を知るがいい」

サ藤は逡巡《しゅんじゅん》なく答えた。

自分の言葉を疑わなかった。

民とは恐怖で統治するもの。口答えなど許してはならぬ――

サ藤は先代《ちちおや》からそう言って厳しく育てられたし、先代は先々代からそう教育され、先々代は先々代からと、連綿と教育されてきたはずだ。

サタン家ほど徹底しているのは珍しくとも、魔界の支配階級ではごく一般的な考えだ。

だというのにリモーネは、

「でも、それって噂《うわさ》のケンゴー魔王陛下のご治世を、批判しているのではなくて？」

「なんだと⁉　この僕がケンゴー様に否《いな》を唱えるなど、あり得るかよ！」

意気消沈していたサ藤だが、聞き捨てならない言葉に激昂《げきこう》する。

「でも、わたしが調べさせたところによりますと、ケンゴー陛下は民の人気取りに余念のないお方ですわ。民に愛されたくて仕方のないお方に思えますわ」

「…………！」

そんなわけがあるかと、サ藤は喝破《かっぱ》しようとした。

だけど二の句が継げなかった。

感情のままに反論しようと口を開きかけては、その言葉が浮かばない。

頭ではリモーネの評価の方が正しく思えてしまう。

（思えば、僕はケンゴー様のことも、あまりわかっていない……。こんなに尊敬しているのに）

サ藤は愕然《がくぜん》となりながら、しばし黙考する。


ケンゴーは恐ろしく強力強大な魔王である。

これは絶対に間違いないし、幾多の結果も証明しているし、サ藤は自分よりも強い魔族など
ケンゴー唯《ただ》一人しか知らないから、ほとんど崇拝《すうはい》レベルの敬意を抱いている。

しかし一方で、ケンゴーの為人《ひととなり》までは理解できているとは言い難《がた》い。

「恐怖という概念が人の形をとっているようなお方」だと信じているが、これは魔王の古典的な理想像だから、ケンゴーもきっとそうに違いないと、サ藤が思い込んでいるにすぎない。

現実のケンゴーは家畜たる人族にまで慈悲深さを見せることがしばしばだし、そのたびにサ藤が主君に抱くイメージからズレた。

不思議に感じた。


「わたしはそれを惰弱だとも、媚びているとも思いません」

果たしてリモーネは力強く言う。

「王が民を慈しむことで、民は王を敬愛する。民が王を敬愛することで、王は民がもっと大切に想えてくる。まさに好循環、そしてまるで歳月をかけて想いを育む夫婦のような、理想的な

関係だと思いませんか？　でも、それができる方こそ名君と呼ぶのだとわたしは思いますの。現実にはごく一握りしかいらっしゃらなくて、我が身大事で民を蔑《ないがし》ろにする王ばかりですが」

「ケンゴー様が、そのごく一握りだと申すのだな……」

今までリモーネの言葉を、即座に否定しようとばかりしていたサ藤なのに。

不思議と、すっと呑《の》み込むことができた。

「わたしが降伏を決断した理由の全て、わかっていただけました？」

「ああ。こんな僕でさえな」

「今日はわたしたち、いっぱいわかり合うことができましたわね」

「チッ……」

屈託《くったく》なく微笑《ほほえ》みかけられ、思わず舌打ちするサ藤。

全くリモーネの言う通りなのだが、それを認めるのはなんだか癪《しゃく》だった。

「最後にもう一度、わたしからサ藤様に質問をよろしくて？」

「好きにしろ」

サ藤はまるで拗《す》ねたような態度をとってしまう。

普段なら絶対に見せない、子どもっぽい態度になってしまう。

だからか、リモーネも姉が弟に対するような諭し口調になって、

「サ藤様は魔王様のことを、とても敬愛なさっているご様子ですわね？」

「ああ。誰よりも強くあのお方を想っている自負がある」

「でしたら魔王様の方でも、サ藤様のことをとても大切になさっているのではなくて？　そういうご気性なのではなくて？」

「当然だ。あのお方は畏《おそ》れ多くも、僕を弟のように想ってくださっている」

「でしたらその優しいケンゴー様が、サ藤様が何をやらかそうが、減点を千ももらおうが、そんなことで失望なさることなんてあり得ないのではなくて？」

「な……っ」

「たとえ勝負に負けても、よくがんばったと褒めてくださるのではなくて？」

「な……な……何を……っ」

サ藤は目を剝かされた。

こんな小娘の言うことに、反論の言葉を失うのは今日もう二度目。

正直、頭ではリモーネの言うことを認めていた。

でも感情がついてこなかった。認めることを恐れていた。

失態を犯してなおケンゴー様に褒められるだなどと、褒められていいだなどと、サタルニア大公の凝り固まった価値観が許そうとはしなかった。

「僕は……」

まさにカルチャーショック。

生まれてこの方、四十年余、一度も味わったことのない葛藤に、煩悶《はんもん》とするサ藤。

そして、まさにそのタイミングであった――


（……きこえますか……きこえますか……サ藤よ……魔王です……今……あなたの……心に……直接……呼びかけています……）

（ケンゴー様⁉）


――ガタッとサ藤は思わず腰を浮かす。

テーブルの対面でリモーネがきょとんとなっているが、今はそれどころではない。

（……すぐに……キレては……いけません……冷静に……冷静に……です……心に余裕を持つのです……）

ケンゴーの声はなお継続的に聞こえてくる。

恐らくは魔王城から、審判のレヴィ山に気取られぬようサ藤の心へ直接、極めて高度な秘匿《ひとく》通信魔法を用いて！

（おまえはマジで凄《すご》い奴なのだ、サ藤。それは余も知っておる。だからキレさえしなければ、ベル原やマモ代たちとも充分に渡り合えると思っておるのだ）

（……あの……ケンゴー様……怒ってない……ですか？　減点千で失望してないですか？）

過分な言葉をかけてくれるケンゴーに、サ藤は恐る恐る訊き返す。

するとケンゴーは噴き出し、呵々大笑《かかたいしょう》し、

(ナイナイ!　おまえは余でも難しいことにチャレンジしているのだ。ミスって当然、それをどの面《つら》下げて余が責められるというのか。むしろ、頑張っているおまえに、余は誉め言葉しか思いつかぬ)

(あっ、あっ、あっ、ありがとうございます……っ)

許され、褒められて、サ藤はケンゴーの言葉を噛みしめる。

自分で自分を許すことはできなかった。恐ろしかった。

だけど実際にケンゴーに声をかけられたら、こんなにも無邪気に喜ぶことができる。

(余もかねてより、おまえに訊きたいことがあったのだ)

(は、はいっ。なんでもお訊きくださいっ)

(うむ。ルシ子が言うには、おまえは「憤怒《ふんぬ》」の魔将だし、すごくキレやすくて当たり前だと。しかしおまえは余の前で、一度たりとキレたことなどないではないか)

(そ、それは、ケンゴー様に嫌われたくないから、ぼ、僕だって猫を被《かぶ》るんですっ)

(本当に?　もっと深い理由などは?)

(な、ないですっ。そんなの微塵《みじん》もございませんっ)

(ふむ……。まるで余の取り越し苦労——いや、これもルシ子の言う通りだったか)

ケンゴーが苦笑いする気配が、通信魔法を媒介して伝わってくる。

（なるほどな……。誰かによく思ってもらいたくて、つい表面を取り繕わずにいられないその気持ち——余にもわかる。ひどくわかるぞ、サ藤）

さらに、とても実感のこもった首肯の気配。

（て、てっきりケンゴー様に、笑われてしまうかと思ってました……）

（ナイナイ！　むしろおまえも人の子だったかと、親近感がわくばかりよ）

ケンゴーにそんなことを言われて、サ藤は目の前にリモーネがいることも忘れ、テレテレとはにかんでしまう。

それからケンゴーが改まった口調になって、

（では、こうしようか。サ藤がバーレンサを征服するまで、余はおまえの様子をたびたび確認することにしよう）

（エエッ。そ、それはうれしいですけどっ……。ケンゴー様はご多忙なのにっ……）

（別に執務の合間に探知魔法でおまえをチラチラ見守るくらい、どうという手間でもない。それにただ観戦するだけなら反則でもないし、特別おまえに肩入れしていることにもならぬしな。ベル原らも文句はあるまい）

（そっ、それは、そうかも……しれません、けど……）

（よし余は決めたぞ！　おまえも心するのだ、サ藤。いつ余が見ているかもわからぬゆえな、猫をずっと被ったまま工作を続けるのだぞ？　よいな？）

（は、はいっ、ケンゴー様！　勅命《ちょくめい》、賜《たまわ》りました！）

サ藤が意気込みも露《あら》わに拝命すると、通信魔法の気配も遠ざかっていった。

他人の心の機微に疎《うと》いサ藤だが、顔の見えなかったケンゴーが最初から最後まで微笑ましげにしてくれていたのではないかという気がした。

「ふう……」

と嘆息して、椅子《いす》に腰を下ろす。

もちろん、満足の吐息だ。

その様子を見たリモーネまで満足げに、

「何かよいことがあったご様子ですわね？」

「ああ。魔王城からケンゴー様がご連絡をくださった」

もうすっかり冷めた紅茶を飲みながら、黙って待ってくれていたリモーネに答える。

「おまえの言う通りだった」

「そう、それは大変ようございましたわね」

何がと、別にサ藤が言わなくとも伝わる。

わかり合える。

「リモーネ。いずれおまえをケンゴー様にお会いさせてやる。今度こそ約束する」

「まあ！　それはうれしゅうございますわ。きっとステキなお方ですもの♪　ご尊顔を拝謁《はいえつ》賜る日が楽しみですわ」

急な話題だったろうに、リモーネは動じることもなく喜んだ。

「だから――」

逆にサ藤はそこで一度、言い淀んだ。

妙に気恥ずかしくなった。

臣下に居丈高に命じるのではなく、誰かに頼み事をする経験なんてほとんどないから。

「だから、ケンゴー様がどんなお気持ちで何を考えておられるのか、今後も僕に教えてくれ」

ボソボソと早口になってしまった。

「畏《かしこ》まりましたわ」

一方、リモーネは二つ返事。快活に答える。

それから急に、からかうような表情になって、

「サ藤様とは長いおつき合いになりそうで、わたしもうれしいですわ」

「う、うるさいっ。よけいなことを申すなっ」

サ藤はむくれてそっぽを向いた。

でも、殺してやろうとは思わなかった。

我慢する必要もなかった。

そんな心境の変化に、サ藤自身が全く気づいていなかった。


その日を境に、サ藤に大きな変化が訪れたことは、リモーネの目にも明らかだった。

というか、人が変わるにもほどがあると思った。

「これもリモーネの言う通りだった。自分から諦めて良いことなど何一つない。むしろその時こそ、僕はケンゴー様から失望されるのだと思う」

彼がそう言って、やる気と自信を取り戻してくれたのはよいのだが——

†

王都カーン地下一キロメートルにある、サ藤の工作拠点。隠れ家。

リモーネたちが滞在すること早や二週間。

侍女たちももう勝手知ったるなんとやらで、朝になればサロンに朝食を用意してくれている。

リモーネは毎朝、サ藤と差し向かいで会食する。

「おはようございます、サ藤様。今朝《けさ》も魔王様のお恵みに感謝を」

王女に相応《ふさわ》しい、優雅にして楚々《そそ》たる早朝の挨拶《あいさつ》。

天帝教なら主の恵みに感謝するところをケンゴーにしているのは、魔王軍から供出されている食糧をいただいているからだ。当たり前だ。

　そしてリモーネが挨拶をすませると、以前は無視していたサ藤がちゃんと返してくれる。

「お、おはようございます、リモーネさん。きょきょきょ今日もいい朝ですねっ」

　魔族に相応しくない、バカ丁寧でキョドッた朝の挨拶。

　リモーネは半眼にさせられる。

「いい加減にしてくださいまし、サ藤様。以前の傲慢極まるお態度も感心しませんでしたが、今は正直に申し上げて気味が悪いですわ」

「そそそそんなことを言われましても、いつケンゴー様がご覧になっているかわからないから、ぼぼぼ僕は猫を被ってないといけないんですっ」

「だからといって限度がございますでしょうに」

　出会った時は傲岸不遜。

　ちょっと失敗したら意気消沈。

　そして、今は意気地0《ゼロ》。

　リモーネの前で振る舞うサ藤の態度は、いつもいつも極端だ。

「サ藤様の辞書には『中庸《ちゅうよう》』という言葉は載っておられないのですか?」

「そ、そんなこと言われても事実、どう振る舞えばいいかわからないんですっ」

「冷たくも素っ気なくもない程度で、且《か》つ遠慮がないという塩梅《あんばい》にしていただけません？　あと個人的な要望も添えさせていただきますと、凛《りん》とした殿方が好みですわ」

「……わかった。努力してみよう」

リモーネがちゃっかりお願いすると、サ藤の態度がだいぶ良い塩梅になった。

安心して二人で食事を始められる。

話題はもっぱら降伏論を主流にするための工作についてだ。

談笑というには殺伐としているとリモーネも思うが、今は国家の一大事がかかった時勢なのである。

ただの小娘のようにはいられないのである。

「今朝方、君の部屋宛てに密書が届いていた」

とサ藤が言って、テーブルクロスの上をリモーネの方へ手紙を滑らせる。

王宮にある第七王女の居室には現在、サ藤の配下が影武者として、リモーネに化けて暮らしている。その影武者が手紙を受けとったというわけだ。

「悪いが、先に目を通させてもらった」

「それは構いませんけれど、差出人はどなたですの？」

「第一王子」

まるで世間話のように会話しつつ、リモーネは手紙を開封する。

文面に目を通すと、また先方が秘密の会談を求めるという内容だった。

「性懲りもなく、道中で君を暗殺するつもりだろうか？」

「シトロン兄上もそこまでバカではないでしょうから、本気で話し合いたいことがあるのかもしれませんわね」

「会ってみるか？　仮に第一王子がバカだったとしても、君は僕が守る」

「そうですわねえ……確かに、せっかくサ藤様がいらっしゃるのですもの、少なくとも会うことでリスクも損もないですわね」

リモーネはサ藤と違って思考のバランスがいいというか、他人の感情の機微を踏まえた考え方も、理屈一辺倒な考え方も、どっちも得意だった。

第一王子と会おうということになり、早速リモーネが返事をしたため、サ藤が配下に託す。

「そもそもの話、どうして第一王子は徹底抗戦を主張しているのだ？」

どうせ会うなら聞いておこうということか。

サ藤は以前より明確に、他人に関心を持つようになった。

「やはり、待っていれば座ることができた玉座を、ケンゴー様に奪われるのが我慢ならないという辺りか？」

「それもあるかもでしょうけれど、シトロン兄上は天帝教徒なのです。それも熱心というか、やや迷信的な類《たぐい》の」

「ああ、魔族は魔族というだけで許せんという奴輩《やつばら》か」

サ藤は冷酷な顔つきになって唾棄《だき》した。

人が変わったように見えても、こういうところは変わらないということか。

「では降伏派に転向させるのは不可能か。話し合うだけ無駄か？」

「いいえ、サ藤様。例えばベクター王家のように、兄上お一人安全な他国へ亡命していただくよう、ご忠言することはできますわ」

「悪党だな、君は！」

「いいえ、こう見えて愛国者ですの」

リモーネがおどけると、サ藤が屈託なく笑った。

食事を囲んで談笑できるようになったのは、とても好ましい変化だった。


段取りは順調に行われ、翌日には密会のセッティングが完了した。

場所は王都郊外。

例のシトロンの愛人である、男爵夫人の所有する別荘。

指定された日没後に、サ藤の転移魔法で向かう。

「――壮健そうで何よりだな、妹よ」

シトロンは開口一番、リモーネに言った。

ついこの間、命を狙って刺客を放った男が。いけしゃあしゃあと。

しかし、リモーネは嫌味を返す気にもなれない。

三十五歳になるシトロン自身は、痩せぎすでいつも血色が悪い、不健康そうな男である。

暗殺を企むような人間は、自分も常に誰かから命を狙われているのではないかと、疑心暗鬼に陥《おちい》るのが相場。

シトロンもその例に漏《も》れない、豪胆さのない人物であった。

王太子の椅子は案外、この兄には座り心地がよくないのかもしれない。

貴賓室《きひんしつ》、シトロンの背後の壁際にも、腹心の騎士たちがズラリと並んでいる。

一方、リモーネが伴ったのはもちろん、サ藤一人だ。

ボディガードとしてはそれで十分。いや千分《せんぶん》、万分《まんぶん》くらいか？

こんな少年でも、魔族がどれほど強力な種族であるか、もう思い知らされている。

ローテーブルを挟んで政敵《シトロン》と対峙《たいじ》するリモーネにとって、ソファの隣にいてくれるサ藤が無言で寛いでいる様が、なんとも頼もしい。

「それで――お話とはいったいなんでしょうか、シトロン兄上？」

リモーネは単刀直入に切り出した。

お互い談笑が弾《はず》むような兄妹仲ではない。

男爵夫人が持て成し役を務めてくれているが、出される飲食物にも一切《いっさい》、口をつけない。

シトロンも前置きなしに答えた。

「実は私は国王《ちちうえ》を説得し、魔王国に降伏することを考えている」

（えええっ⁉）

リモーネは衝撃を顔に出さないようにするのに、努力させられた。

「……どういうお心変わりですの？」

シトロンが嘘をついているとは思えない。

仮にも天帝教徒がついていい類の嘘ではない。

シトロンは普段通りの陰気な口調で語り始める。

「ホインガーが魔王軍の侵攻を受け、我が国に救援を求めてきたのだ。だが私は父上を説き、すぐには返事をせずに、まずは手の者に詳細を調査させた」

「慎重且《か》つご賢明な判断ですわね。それで？」

シトロンの話に、リモーネは真剣に耳を傾ける。

サ藤の隠れ家に匿《かくま》ってもらって約二週間、どうしても最新の情勢には疎くなっている。

シトロンはまさに暗澹《あんたん》たる顔つきになると、

「信じ難い調査報告が返ってきた……。魔王軍は万をも超える骸骨《がいこつ》の兵団で構成されており、ホインガーの都市を次々と陥落させては墓場を暴き、死者を蘇《よみがえ》らせることで、今なお軍勢を増強し続けているというのだ」

「それは……まさに悪夢の如き報《しら》せですわね」

でも魔王軍にはそれだけの力があることを、リモーネは既にサ藤の魔法を目の当《まあ》たりにしたことで、実感を伴って知っている。

「まさしく『終末の日』だ……。地獄の釜の蓋《ふた》が開いたのだ……」

シトロンは顔を落とし、手で覆うと、悲嘆に暮れたように言った。

(なるほど、そういうわけですのね)

リモーネもようやく得心がいく。


この兄は、クラール砦《とりで》で人族連合軍がどのように敗れたか、あくまで現場からの報告では
——伝聞による情報では、信じることができなかったのだ。

砦内部の時間だけが異常な速さで進み、兵糧攻めに遭っただなどと言われても、それは人族の常識においてはあまりに荒唐無稽すぎる話。

シトロンは「集団で幻覚でも見せられたのを、学の乏しい兵どもが過剰に騒ぎ立てているのだろう」程度に、タカを括っていたのではないか。

だから、そこまで魔王軍を恐れていなかった。

しかし今回のホインガーでの有様は、天帝教の聖典の一節を彷彿《ほうふつ》とさせる。

だからこの迷信深い兄にも、実感を伴って聞こえる。

兵士らの実体験は信じられなくとも、天帝教の教えならば信じられたというわけだ。

「でも、兄上。確か天帝教の聖典では、『終末の日』には天より御使《みつか》いの軍勢が降臨し給い、魔族たちを討ち攘《はら》うという教えではございませんでしたか？」

「そうだ。だから私は自ら神殿へ足を運んだ。ホインガーはどうなっておるのだ、いつ御使いは降臨し給うのだと、司祭らに問い質《ただ》した。だが奴らはのらりくらりと言い逃れするばかりで、クソの役にも立たなかったのだ……っ」

うつむいたまま、凄《すさ》まじい形相で歯軋《はぎし》りするシトロン。

リモーネ自身は昔から天帝教は肌に合わなかったというか、どうにも胡散《うさん》臭さを覚えて理性的な距離を保っていた。

しかし、ベクターに続いてのこの有様。

本当に天帝《かみ》は救いの手を差し伸べてはくれないのだと、再確認させられた。

隣で冷笑しているサ藤の態度が印象的だった。

「それで兄上は、魔王様の軍門に降《くだ》ることをご決断なされたと？」

「……ああ。……宗旨《しゅうし》替えせざるを得なかった」

苦渋の想いを吐き出すようにシトロンは言う。

それを聞いて、リモーネはふと思う。

（迷信深い兄上が、天帝ではなく魔王様に宗旨替えしたら、どうなるのでしょうか？）

にわかに嫌な予感がした。

そして、すぐに現実のものとなった。

先ほどのシトロンの言葉が合図だったのか――

貴賓室に謎《なぞ》の一団が乱入してきたのだ。

全員が、天帝教の司祭らがまとう貫頭衣を、真っ黒に塗り潰《つぶ》したような格好をしていた。

また司祭らがかぶる帽子の代わりに、二つの覗《のぞ》き穴が開いた覆面をかぶっていた。


「魔王教徒！」


やはりそうかとリモーネは叫ぶ。

隣でサ藤が聞き捨てならない様子で、「なんだそれは？」と訊ねてくる。

リモーネも小声になって、手短に説明する。

（その名の通り、天帝の代わりに魔王様を崇拝してる連中ですわ）

（なんだと。ケンゴー様はそんな胡乱《うろん》な連中、お認めになってはおらんぞ）

（ですから勝手に信奉しておりますのよ。普通は小規模カルト集団でしかありませんが、時折、背後に本物の魔族がついている厄介《やっかい》な事例もございますとかっ）

「おい。何をコソコソ話し合っておる？」

シトロンが顔を上げた。

それでリモーネもサ藤への説明を中断させられた。

代わりにシトロンへ嫌味を吐いた。

「兄上も節操のないお方ですわね。あれだけ天帝を信奉しておいて、あっさりポイですか？」

「人界の窮地に手を差し伸べる気もない、詐欺師の方が悪い。比べてこの者たちは違うぞ？」

シトロンは臆面もなく言ってのけた。

背後に並ぶ覆面の男たちを紹介するように、両腕を広げてみせた。

「殿下の仰《おつしや》る通りです。我々の信仰は現世利益を伴う、正真の宗派です。なにしろ我々の教祖様は人族ではなく、魔界でも強大な権力と領地をお持ちの大魔族でいらっしゃるのですから！」

魔王教徒たちの中心にいる男も、恍惚《こうこつ》となって誇った。

つまりはリモーネが既にサ藤と通じていたように、シトロンも新たにその大魔族と協力関係を築き、魔王国へ降《くだ》る準備を始めたというわけだ。

「教祖様は、高貴な生贄《いけにえ》を欲しておられる」

男爵夫人が手渡した不気味な覆面を、シトロンは躊躇《ちゆうちよ》なくかぶった。

「私がそれをご用意すれば、魔王様への口利《き》きをしてくださると――バーレンサが魔界に併呑《へいどん》された後、悪いようにはせぬと約束してくだされた。無論、次の王たる私の地位の保証もな」

シトロンが説明を続けている間に、男爵夫人も覆面をかぶった。

壁際に控える騎士たちも、次々と覆面をかぶっていった。

にわかに異様な集団と化した大人たちと、リモーネは机一つを挟んで対峙《たいじ》させられていた。

震え声で兄に訊ねる。

「まさか……」

「そのまさかだ、リモーネ。教祖様は王家の娘を、それも処女の血をご所望だ」

「正気ですか、兄上⁉」

「もちろんだとも。そして嘆《なげ》かわしいことに、おまえ以外の妹は既に男と姦通《かんつう》していた。だが、幼いおまえは大丈夫だろう？」

ニタリと、シトロンが粘着質に笑うのが、覆面の上からでもわかった。

リモーネは吐き気を覚える。

実の兄に男性経験を確認される気持ち悪さに怖気《おぞけ》が走る。

そんな心境をシトロンは知ってか知らずか、

「降伏派の実質的な首魁《しゅかい》のおまえだ。リモーネ。民のため、好条件で魔王国に降るため、喜んでその身を捧げてくれるよなあ？」

邪悪極まる正論をのうのうと嘯《うそぶ》いてみせた。

「さあ、我らが教祖様のご来臨です！　皆、崇《あが》めなさい！　平伏《ひれふ》しなさい！」

魔王教徒の中心人物もまた、高らかに謳《うた》い上げた。

途端——とんでもない振動とともに、天井《てんじょう》に亀裂が走る。


割れ、砕けたその向こうから覗いたのは、梁《はり》でも二階部分でもなかった。

巨大な眼球だ。

まるで梟《ふくろう》のような丸い目が、ギョロギョロと貴賓室の中を覗き見していた。

天井に空いたその大穴からは、炎もチロチロと漏れ出ていた。


直観的にリモーネは悟る。

何か強力な魔法により、天井の穴を通じてこの屋敷と魔界が部分的につながり、件《くだん》の大魔族が所領にいながらにして人界を覗き見ているのだろうと。

（サ藤様のような子どもでさえ、時を止める魔法をお使いになるのですもの……。それほど強大な魔族でしたら、このくらいのことは造作もないことでしょう……）

リモーネは顔面蒼白《そうはく》になって、天井から覗く巨大な眼球を見つめる。

あちらもまたソファに座るリモーネのことを、ひたと凝視している。

生贄と見定めている。

梟のような目をしながらひどく人間臭い、情欲にまみれた眼差《まなざ》しを向けてきている！

リモーネは恐怖のあまりにひきつけを起こしていた。

ドレスの長いスカートで、足の震えを隠すことはできる。

でも全身が震えるのは隠せない。

ガタガタ、ガタガタ、体が独りでに痙攣《けいれん》する。

この場を逃げ出すどころかもう取り憑《つ》かれたように、眼球の怪物から目が離せない。

一巻の終わり――そんな言葉がリモーネの脳裏をよぎる。


魔王教徒が恍惚と謳い上げた。

「さあ、皆でその御名《みな》を讃《たた》えなさい！　魔界の公爵、プルフラス様です！」


ずっと静観していたサ藤がいきなり、タガが外れたように笑い出した。

「ははは！　あはははは！　はははははははははははははははははは！」


その場の一同、ぎょっとなってサ藤に注目する。

リモーネも呪縛《じゆばく》から解かれたように、隣を見入る。

紅顔の美少年が、まるで最高の茶番劇を観たかのように、肚を抱えて笑っていた。

かと思えば、ピタリと黙る。

リモーネがまだ見たこともないほど、冷酷無比な顔つきになる。

そして目玉の怪物をにらむと、

「おい、プルフラス。僕の陪臣《ばいしん》のサタナキアの、そのまた陪臣の貴様風情《ふぜい》が、僕のお気に入りを横からかっさらおうとは、ずいぶんと偉くなったものだ。なあ、公爵サマ？」

「さっっっっっ、サ藤様！！！！！？？？？？」

どこに口があるのか、天井の目玉がいきなり絶叫した。

ずっとリモーネの値踏みで忙しかった魔界の公爵は、少女の隣に座っていたのが果たして何者か、ようやく気づいたようだった。

「なぜサタルニアの大公閣下が、このような僻地《へきち》でサルどもとご一緒に⁉」

その周囲で揺れる炎もさらに激しく躍り出し、まるで脅《おび》えて震え上がっているかのよう。

「質問しているのは、僕だぞ？」

「お許しください、サ藤様！　臣は何も知らなかったのです！　むしろこのサルどもにハメられたのです！　臣の如きが〝赤竜王〟に刃向かうなどと滅相もございません！　天地がひっくり返ってもあり得ぬことです‼　ですゆえどうか、どうか、どうか、どうか、どうか、命だけはあああああああああああああああああああああっ」

泣き叫び、全身全霊で命乞いする目玉の怪物《プルフラス》。

巨大な涙がボトボトと降り注《そそ》ぎ、呆然《ぼうぜん》となっているシトロンらをびしょ濡《ぬ》れにさせる。

果たしてサ藤は口角を吊《つ》り上げるように、意地の悪い笑みを浮かべて答えた。


「許そう」


「え？」

と当惑するプルフラス。

許してくれと泣き叫んでいたのはこの魔族なのに。

まさか本当に許されるとは、思ってもいなかったように。

それこそ万に一つの奇跡でも、目撃したかのように。

「……御身《おんみ》は本当にあのサ藤様であらせられるか？　まさか偽物が化け――」

「やはり手打ちにしておくか」

「サ藤様の寛大なるご沙汰《さた》、このプルフラスめ感謝感激にございまする！　さすがはサ藤様、このごろはいと慈悲深きケンゴー魔王陛下のご薫陶《くんとう》よろしく、益々《ますます》のご成長のよし！　まさに王の器!!　このプルフラスめ感服仕《つかまつ》って奉り給いぬ！！！」

「もうわかったから、失《う》せろ。次はないぞ」

「あざーッス！　失礼しゃーッス！」

目玉の怪物はサ藤の気が変わらぬうちにとばかり、大わらわで逃げ出していく。

天井に開いた穴の向こうに消え、魔界につながっていた時空の歪《ひず》みも修復される。

破れた梁だけが正常に覗く。

巨大な目玉がもたらした室内の異様な雰囲気もプレッシャーも、きれいさっぱりなくなった。

だがリモーネらその場の一同、まだ展開が呑み込めず、唖然《あぜん》となって固まっている。

「さて——自己紹介がまだだったな」

一人、サ藤だけが悠然《ゆうぜん》たる態度で、シトロンらへ向かって告げた。

「年端も行かぬ王女が、可愛らしい護衛を連れて、ごっこ遊びに興じているとでも思っていたか？　否だ。この僕こそがサタルニア大公、七大魔将筆頭、いと穹《たか》きケンゴー魔王陛下の一の臣にして弟分——サ藤である」

お行儀悪く、そして傲然と、両足をテーブルの上へ投げ出すようにして組む。

「忠誠のキスをしろ。さすれば魔界に併呑後も、バーレンサを安堵《あんど》してやる。貴様の地位の保証も、考えてやってもいいぞ？」

顎《あご》をしゃくって第一王子へ命じるサ藤。

シトロンは躊躇なく覆面を脱ぎ捨てると、むしゃぶりつく勢いでサ藤の爪先《つまさき》へ口づけした。

その姿があまりに滑稽で、リモーネも噴き出してしまう。

目尻《めじり》に溜《た》まったままだった、涙をそっと拭《ぬぐ》いつつ。

†

一晩経《た》って翌日。

リモーネは久々に、自分の寝室で休むことができた。

シトロンがサ藤に忠誠を誓ったことで、暗殺される恐れがなくなったからだ。

熟睡からの目覚めはすっきり。

あの隠れ家で使われている調度品はどれも、王女の部屋にあるものよりよほどに上等だった。

それでも慣れた環境での寝心地は、代え難いよさがある。

またよく寝られたのには、もう一つ理由がある。

シトロンが降伏派に転向してくれたおかげで、最大の懸案が一気に解決したからだ。

王太子たる兄が一緒に父王を説得してくれれば、いよいよバーレンサは穏便に魔王国へ降る準備を進めることができるだろう。

「はぁ……正直、当初は無謀にも思えておりましたが、為《な》せば成るものですわね……」

ベッドの中でリモーネは、達成感と充実感を噛みしめる。

それから着替えて朝食に。

お付の侍女たちが、寝室と続きの居室に用意してくれている。

サ藤も同席してくれる約束だった。

転移魔法で現れ、一緒に朝餉《あさげ》を囲む彼に、リモーネは口を尖《とが》らせて言う。

「サ藤様もお人が悪いですわ。実は魔界の重鎮《じゅうちん》だと、一言でも仰ってくだされればよかったのに」

「……君は僕のことをなんだと思っていたんだ？」

「魔族ってこんなお子様でも恐ろしい魔法の使い手ですのね、と」

「お子様……この僕をお子様……」

思いきり憮然《ぶぜん》となったサ藤の顔がおかしくて、リモーネはくすりとする。

サ藤はますますむくれて、

「言っておくが、魔族の外見年齢と実年齢はほとんど因果関係がないんだからな」

「それは初めて存じ上げました。心に留めておきますわ。それで、サ藤様の実年齢はおいくつですの？」

「四十四だ」

「それは人族で相当すると、だいたいどのくらいのご年齢ですの？」

「……十代前半だ」

「お子様ですわね」

「そ、それでも魔族は優秀な種だから、十五歳でもう一人前扱いなんだ！」

ムキになって子どもじゃないと言い張るサ藤。

それがますます子どもっぽいことに、気づいていないのは本人ばかり。

リモーネはもうおかしくて、食事を中断してしまうほど。

一頻《ひとしき》り笑って、真面目な顔つきになって、

「とにかく、お互いに魔界と人界の常識に精通していないのですから、今後は密な情報交換を怠らないことを提案いたしますわ」

「そうだな。その方がより、わ、わかり合えるだろうしな」

「ええ。サ藤様がそんなにお偉い方とも知らず、あのプルフラス公？　が現れた時はわたし、生きた心地がしませんでしたわ。せめてすぐ助けてくだされればよかったのに」

「それは悪かった。でも事情があったんだ」

素直に謝罪するサ藤。

そして早速、密な事情説明をしてくれる。

「あの魔王教徒とかいう道化がもったいぶって、魔界の実力者がバックについていると言い出した時、僕は咄嗟《とつさ》にマモ代のことかと思ったんだ。マモ代というのは僕の僚将《りょうしょう》で、今はカフホス攻めを担当しているライバルでもある。そしてあの陰謀好きの女なら、僕の妨害工作のために現れてもおかしくないと思った。戦いになれば九分九厘《くぶくりん》、僕が勝つけど、でも油断していい相手じゃない。マモ代がどんな罠《わな》を用意しているかもわからないから、しばらく様子見するしかなかったんだ」

「なるほどですわ。でも結果としてはそのマモ代様ではなかった、と」

「ああ。さんざんにもったいぶってくれた挙句に、出てきたのがあの公爵風情《ふぜい》だったから、僕は笑い死ぬかと思ったよ。まあ逆にプルフラスからすれば、戯《たわむ》れに人族《オモチャ》で遊んでいたら、まさかこの僕が出てきて度肝を抜かれただろうけどね。可哀想《かわいそう》にね」

思い出し笑いか、くつくつと口元を歪《ゆが》めるサ藤。

リモーネが出会って早や半月、ずいぶんと打ち解けてくれたが、底意地の悪さは変わらずか。

その後も食事を続けながら、今後の段取りを話し合う。

「国王《ちちうえ》はシトロン兄上に反対できるほどのご気概はなくて――」

「他の有力貴族たちはなおさら――」

「とにかく形式と体裁を整えるのが先決で――」

「国内世論なんて後でどうにでも――」

などなど、色気も素っ気もない実務的な会話ばかりだが、リモーネは退屈しない。

会ったばかりのころの、サ藤のあの冷淡な態度を思うと信じられなかった。

今でもサ藤は自分から積極的に話題を振ってくるタイプではないが、とても理知的な男性で、リモーネの会話に対する反応の速さと的確さが小気味良い。

食事の後もお茶を楽しみながら、おしゃべりを興じる。

ずっとこうしていてもよかった。

が、

「姫様。面会を希望されるお方が、急にお見えになって……」

お付の侍女がどこか不安げな顔を見せると、躊躇《ためら》いがちに言った。

仮にも一国の王女に対し、アポなしに面会を求めるのは甚だ非常識、無礼である。

しかし生来、気さくなリモーネは眉《まゆ》をひそめるでもなく、面会を了承する。

「それで、どなたがわたしに会いたいと仰っているのかしら？」

にっこりと侍女に訊ねるリモーネ。

でも、その笑顔が——面会希望者の名を聞いた瞬間——戦慄《せんりつ》で強張《こわば》った。


リモーネは血相を変えて、王宮の廊下を進む。

目指すは貴賓室。

それも王宮内にいくつもあるうちの、国賓を迎えるための最上等の一室。

到着し、手ずからノックをすると、応《こた》えを待つのももどかしく中へ入る。

待っていたのは男女五人。

うち四人は風体から察するに護衛だろうか、リモーネは面識がない。

皆、只者ではなさそうだが、しかし今はそちらにかかずらってはいられない。

残る一人の方が遥かに問題だからだ。

ソファで楚々と紅茶のカップを傾けていた、その黒髪白装の美少女が挨拶してくる。

「お久しぶりね、リモーネ。お元気そうで何よりだわ」

リモーネは足の震えを隠して返礼した。

「こちらこそご無沙汰《ぶさた》しておりますわ、聖、、、女様。お元気そうで何よりですわ、ヴァ、、ネッ、、シア、、様」

そう。

この絶世の美少女こそが、大国マイカータの第三王女にして人族国家連合軍が戴《いただ》く旗頭。

〝白の乙女〟〝平和を祈る戦姫〟〝小ラタル〟。

ヴァネッシア・サン＝ラタル・カレイデーザ姫その人であった。

「お、お忙しいヴァネッシア様が、このたびはどのようなご用で当国まで……？」

この聖女はかねてより、再び挙兵して魔王を討つと宣言している。

しかし、まだその時が来たとは聞いていない。

実際、連合軍がバーレンサへ向かってきているという報せも、入っていない。

わずかの伴《とも》を連れ（ヴァネッシアの身分と立場を考えれば実質、単身行動に等しい）、いったいバーレンサのような辺境小国（マイカータと比すればそう）になんの用があるというのか。

「もちろん、危急の用件があったのです。大天使様のお告げが下ったのです――」

ヴァネッシアは胸を痛めたような表情で、遺憾の意を示した。

「――このバーレンサに、『憤怒』の魔将の影が忍び寄っていると」

黒金剛石の如く静かな輝きを持つその瞳《ひとみ》が、じっとリモーネを見据えていた。

「あなたは心当たりがないかしら？」

静かだが迫力のある声音で問われ、リモーネはにわかに返答できなかった。


なにもかも順調だと思ったのに。

これで全てご破算だった。

にこ

第五章 大天使の使命

人界の国家は一つの例外なく、天帝教を国教としている。

ゆえに王都カーンにも、バーレンサにおける教団の本山たる大神殿が、王宮と並び立つ東の丘に存在する。

ヴァネッシアとその一行は滞在中、ここで寝泊まりすることにしていた。

本来なら王宮内に部屋を要求できる立場だが、どこに魔族の影が潜んでいるかもしれない。

「その点、神殿《ここ》ならば安全ですわ。天のご加護に満ちた聖域ですもの」

ヴァネッシアは絶対の信頼を以《も》って断言した。

そして、信頼の眼差《まなざ》しを一点へ注《そそ》いだ。

大神殿内、礼拝堂。

定まった様式として最奥上座に天帝像が坐《ま》しまし、その周囲に七体の大天使像が配置される。

それら総大理石でできた大天使像の一つ――背中に左右非対称、合わせて七枚の翼を持つ像の前でヴァネッシアは跪《ひざまず》き、崇拝《すうはい》の目で見上げていた。

その物言わぬはずの石の像が、彼女の言葉に答えて言った。

「天帝聖下は人族の自助努力をお望み給う。ゆえに我ら御使《みつか》いも軽々に手を差し伸べることはありません。ですが王女ヴァネッシア。あなたの信仰の厚さに免じ、当殿内での安全はこの私が保証いたしましょう」

硬質な大理石像が、今は肉を得たかのように生き生きと動いていた。

天より御使いがその魂だけを降臨させ、像に宿った証拠であった。

「まあ！　なんとありがたいお言葉でしょうか」

ヴァネッシアは感激に打ち震え、像へ向かって頭《こうべ》を垂れる。

地上の安寧を願う大天使が、託宣《たくせん》を授《さず》けんと初めてヴァネッシアの前へ降臨し給うたのが、彼女がまだ八歳の時。

以来、地上に大きな危機が迫るたび、大天使は様々な使命を彼女に託してきた。

ヴァネッシアもまた選ばれた聖女として誇りに思い、必ずその天意に応《こた》えてきた。

今日またバーレンサに「憤怒《ふんぬ》」の魔将が触手を伸ばし、ヴァネッシアはその闇《やみ》を祓《はら》うべく、大天使より授かった使命を全うせねばならなかった。

「大天使様の御言葉に従い、この国に参り、この目で巷《ちまた》をつぶさに観察し、まさに気が遠く想《おも》いでした。口にするのも忌《い》まわしいことですが、まさか魔王に魂と尊厳を売り、国ごと明け渡すべきだなどと邪　言《よこしまごと》を弄《ろう》する民が、あのようにウジャウジャといるとは！　これも魔族の仕業に違いありませんわ。『憤怒』の魔将の陰謀ですわ」

「その通りです、王女ヴァネッシア。一刻も早くサタンと内通する王族を見つけ出し、ともども滅せねばなりません。この国を邪悪から救い出すのです」

「天命、しかと承りましたわ」

面を伏せたまま、一礼するヴァネッシア。

実際、今日一日をかけて、王族たちと面談してきた。

それも抜群の行動力で、国王と妃たち、及び十二人の王子王女たち全員と。

「それで背教者はどの者か、見当はつきましたか？」

「申し訳ございません、大天使様。はっきりとした確証は得られませんでした。しかし、不審な者が二人――王太子のシトロンと第七王女のリモーネでございます」

大天使を相手に不確かなことは言えないため、ヴァネッシアは断言を避けた。

しかし、胸中ではこの二人が黒だとほぼ確信していた。


理由はある。

シトロンとリモーネ以外の全員は、ヴァネッシアに嫌疑をかけられると、大慌《おおあわ》てで否定した。

心当たりなどないと言い募り、また咄嗟《とっさ》に嘘《うそ》を並べてまで言い逃れしようとした。

同伴した護衛の女戦士は、そんな態度を見て、「こいつら全員、黒では？」と判断した。

しかし、ヴァネッシアに言わせれば逆である。

彼ら凡俗は怯懦《きょうだ》のあまり、ヴァネッシアのような天帝教の権威そのものを代行する人物に嫌疑をかけられたという、もうそれだけで恐慌状態に陥《おちい》る。

そして愚か極まることに、その場を早く逃れたい一心で必死になって弁明し、あまつさえ潔白を言い立てるためなら嘘をついてもよいとまで考え始める。

まったく以って救い難《がた》い。

しかし、それも人族が久遠《くおん》の努力を以って解脱すべき、性《さが》というものか。

一方、逆に――シトロンとリモーネは、堂々と潔白を主張していた。

二人は他《ほか》の兄弟姉妹ほど愚物ではないゆえに、「身に覚えがないものはない」と堂々としていただけかもしれない。

でも実は真犯人だから、最初から腹が据わっていたのかもしれない。

ヴァネッシアは後者だと踏んだわけだ。

「もう少し時間をくださいませ、大天使様。直に彼らの罪を炙《あぶ》り出して御覧に入れますわ」

ヴァネッシアは頭を垂れたまま言った。

決して大言壮語ではない。

そもそも彼女は天界の住人に対し、謙譲の気持ち以外を持ち合わせていない。

「わかりました、王女ヴァネッシア。今はそのための準備をしているところというわけですね。

頼もしい限りです」

「まあっ！　身に余るお褒《ほ》めの言葉、誠に光栄ですわ！」

「では、私からもこれを授けることにいたしましょう」

大天使の言葉に、ヴァネッシアはハッとなって面を上げる。

すると眼前に、キラキラと輝く何かが虚空より顕現《けんげん》。

ヴァネッシアは感激と恐縮のあまり震える両手で、押し戴《いただ》くようにして受けとる。

涙滴状の、透明な宝石であった。

「ありがとうございます、大天使様。『慈悲の涙』、確かに頂戴いたしました」

ヴァネッシアは胸の前で大切ににぎりしめると、再び頭を垂れる。

彼女の言う「慈悲の涙」とは、天上の宝石の一種である。

聖典においてもしばしば登場し、「まさしく天界の威光を体現するかのような、奇跡の力を秘めている」と言及されている。

大変に畏《おそ》れ多いことだが、ヴァネッシアは過去に二度も、この「慈悲の涙」を大天使より授かっている。

そのたびに神秘の力にすがり、困難な使命を果たすことができている。

今回も「憤怒」の魔将を討ち果たすことで、三度目の奇跡にせよとの仰《おお》せなのだ。

「王女ヴァネッシア。今さらあなたに忠告するまでもないと思いますが、『慈悲の涙』はただ持っていれば奇跡が起こるというような、そんな都合の良いものではありません」

「はい、大天使様。ゆめ忘れてございません。奇跡とはあくまで人族が、命懸けで奮励努力をした後に初めて、すがることの許される神助だと心得てございますわ」

「ならばよろしい。私が助けられるのもここまでです。下界のことはあなた方に任せ、天界より見守るといたします」

告げて、大天使像から神聖な気配が消え去った。

物言わぬただの大理石像に戻った。

それでもヴァネッシアはずっとその場で頭を垂れたまま、天へと祈りを捧げ続ける。

もちろん、彼女の信仰心の賜物《たまもの》でもあるが、このあと就寝まで何もすることがないというのも事実だった。

護衛の四人が出払ったため、絶対安全なこの神殿内から動けない状態であった。


なおその四人とは、ヴァネッシアがこれぞと見込んだ一行である。

「憤怒」の魔将の恐ろしさは、聖女の骨身に染《し》みていた。

かつてクラール砦《とりで》であの大魔族が用いた時空魔法に、ヴァネッシアもまた苛《さいな》まれたのだ。

連合軍数万でも為《な》す術《すべ》なかった相手だというのに、生半《なまなか》な者を連れてきたところで、護衛の役に立つわけがない。

まして「憤怒」の魔将を討滅する一助にはならない。

ゆえにヴァネッシアが同伴を依頼したのが――アレス一行であった。

そう、〝赤の勇者〟と彼に仕える三人の女たちだ。

彼らはヴァネッシアの依頼で今、ロットン村なる場所へ向かってくれている。

一時、自分の警護を外してでも必要なことであった。

先ほど大天使に言上した、「そのための準備」であった。

†

「まずいですわ、まずいですわ、まずいですわ、まずいですわ、まずいですわ――」

リモーネは頭を抱えて無限に連呼していた。

再びサ藤《とう》の隠れ家に出戻っていた。

「あんな小娘が、言うほどか？」

サロンで同席するサ藤が、呑気《のんき》に茶をしばきながら（リモーネにはそう見える！）言った。

「サ藤様は、ヴァネッシア様のことをご存じないから、そんなにのほほんとしていられるのですわ！　あの聖女様のことを民がどれだけ敬っていることか！　そして、王侯貴族がどれだけ畏れていることか！」

ヴァネッシアが目を光らせている限り、父王は脅《おび》えて絶対に降伏など言い出さない。

貴族たちも内心はどうあれ、直に徹底抗戦を大合唱し始めるだろう。

世論だっていつまで保《も》つものか。あの稀代《きたい》のカリスマ聖女が演説を始めたら、バーレンサは抗戦ムード一色に染まり果てるに違いない。

そして挙国一致で、魔王軍との勝てない戦に駆り立てられていく――

「あああああ想像しただけでおしっこチビりますわよあああああああ」

「落ち着け。王女の慎《つつし》みがなくなってるぞ」

サ藤に窘《たしな》められるが、リモーネは聞かない。

足の震えも隠さない。

「第一、ヴァネッシア様がお連れしていたあの護衛たち！　妙に風格があると思って調べさせてみれば、なんと勇者とその仲間たちですわよ！」

一言に勇者といっても人界にいろいろいて、「〝赤の勇者〟アレス」の名は、リモーネは寡聞《かぶん》にして知らなかった。

しかし、〝白の乙女《おとめ》〟がわざわざ連れてくるくらいなのだから、勇者の中の勇者に違いない。

そう考えたのだが、

「だから落ち着け。〝赤の勇者〟なら僕は知っている」

「えっ、そうなんですの!?」

「ベル乃《の》という僕の僚将《りょうしょう》に、片手間でひねり潰《つぶ》された雑魚《ざこ》だ。どんなに油断していても勝てる」

「だからって油断はしないでくださいまし！」

「今のは言葉の綾《あや》だ。僕は敵対した者に容赦《ようしゃ》はしない。徹底的に潰す」

サ藤の態度は堂々たるもので、見ているとリモーネも安心させられた。

「わ、わかりましたわ……。サ藤様がそう仰《おっしゃ》るのでしたら、ヴァネッシア様の対策に集中いたしましょう」

「ああ。それほど厄介《やっかい》な相手なら、腰を据えて練ろう」

「わたくしは構いませんが、サ藤様はよろしいのですか？　速さ比べをなさっているのでは？」

「仕方がない。功を焦《あせ》ってやらかす方が恥になる。それにケンゴー様がご助言くださったのだ。人族相手と侮《あなど》るのではなく、難しいことに挑戦しているという意識を持て、と」

サ藤は自分とリモーネの空になったカップへ、ポットからお代わりを注ぐ。

そのまさにお手本のような落ち着き払った所作に、リモーネはしばし魅入られる。

(本当にズルいですわね、魔族って。わたしたちの何十倍もの寿命を持っているのに、こんなに成長が早いなんて……)

出会ってわずか半月で、こんなに見違えるだなんて。

「まず、ヴァネッシア姫について詳しく教えてくれ。特筆的重要人物だから、名前と立場くらいは知っているが」

「あら、そこはご存じなのですわね」

「僕だって人界を侵略するに当たって、必要そうな最低限は予習した。とはいえ使った教科書《テキスト》もなにぶん古い。特に人界の世の移り変わりの速さは、魔界に比べると恐ろしく目まぐるしい。情報の更新が追いつかない」

「承知しましたわ。では、わたしが知る限りのことをお教えしますわ」

リモーネが講釈し、サ藤が真剣に耳を傾ける。

ああでもない、こうでもないと対策を講じる。

何杯もの紅茶と、何十個もの茶菓子が消費される。


それは全く以って正しい努力の在り方であった。

二人に今でき得る最善に違いなかった。

しかしこの時、二人はまだ知らなかった。

大天使の使命を受けたヴァネッシアが、どれだけ周到であるかを。

比べればリモーネたちの努力など、「泥棒を見て縄を綯《な》う」でしかないことを。

†

街道と呼ぶのもおこがましい山道を、アレス一行の乗る馬車が走る。

魔法仕掛けの馬車《マジカライズ・キャリッジ》と呼ばれる、特別なものだ。

牽引する馬はおらず、魔力を動力に独りでに走る。

車輪もなく、地表スレスレを滑るように浮遊するため、どんな悪路も問題としない。

その速度は通常の馬車の倍。

加えて疲れ知らずだから、一日の移動距離で換算すれば十倍を超える。

ゆえに王都カーンから辺鄙《へんぴ》なロットン村まで、通常は半月近くかかるところを、アレスたちは夜を徹して走り、翌日にはもう到着しようとしていた。

「聖女様も人使いが荒いよねえ」

御者台で女戦士のダナがぼやいた。

馬はいないが、誰かがそこで手綱をにぎって操縦しないと、進路変更ができないのだ。

「依頼をしてきたのは彼女だけど、なんだってすると答えたのは僕だよ」

荷台で他の仲間たちとごろ寝しながら、アレスは申し訳なさで苦笑いした。

もう日は高くなってきたが、夜間、馬車の操縦を交代でやったため、まだ眠気が残っている。

順番が後の方だった女神官と女魔法使いはまだ寝ている。

「アレスは責任感が強すぎるんだよ」

「だって魔王を討つとヴァネッシア様に約束したのに、現実には力不足を思い知って、ずっと手をこまねいているんだ。責任を感じずにいられないよ」

「だからってさあ、いつまでもパシリをやらなくてもさあ」

「ヴァネッシア様も世界平和のために活動してらっしゃるんだし、協力くらいしよう」

アレスは王侯貴族という連中を、貧しい民から搾取を続ける豚どもだと毛嫌いしていた。

だからヴァネッシアのことも、最初は避けようとしていた。

しかし、今では彼女が正真の正義感の持ち主だと知り、好意的に考えている。

「それに楽しみじゃないか？　カーマン様にお会いできるなんて。叶《かな》うならば僕は彼に師事したいと思っているよ。魔王を討つ実力を養うためにもね」

「大昔に行方《ゆくえ》不明になった、伝説の〝光の勇者〟サマねえ。マジでこんな僻地《へきち》にいるのかねえ」

「そこは大天使様のお告げなんだ、間違いはないだろ」

「悪いけどアタシゃ天帝教徒じゃないからね。まずその大天使サマってのが胡散《うさん》臭くって！」

「おいおい。頼むから僕たち以外の前で、そんな恐《こわ》いことは言わないでくれよ？」

――と。

そんな四方山話《よもやまばなし》をしている間に、二人の仲間も目を覚まし、馬車はロットン村へ到着した。

目的の人物は、村外れの炭焼き小屋に住んでいると、村人に教えてもらった。

アレスは仲間たちとともに真っ直《ま す》ぐ向かう。

近づくにつれ、薪《まき》を割る甲高《かんだか》い音が聞こえてきた。

リズムがずっと一定で、且《か》つ恐ろしく澄んだ音色。

それを聞いただけでアレスは感じるものがあり、腕利《き》きの女戦士であるダナと顔を見合わす。

小屋の前に着くと、一心不乱に薪を割る老人の姿があった。

正確な年齢はわからない。

顔のシワだけなら七十を超えているようにも見えるが、伸びた背筋の逞《たくま》しさや薪を割る力強さ、何より左手一本で斧《おの》を振るう姿勢の正しさは、大年寄りのそれではない。

そして、この老人が〝光の勇者〟カーマンであることは疑いなかった。

斧を振る動作で、中身のない右腕の袖《そで》が激しく揺れる。

〝光の勇者〟はさる大魔族との戦いで利き腕を失い、引退を決めたというのは有名な逸話だ。

「失礼いたします。僕は――」

「帰ってくれ」

アレスが挨拶《あいさつ》を終える前に、老人はぴしゃりと言った。

こちらを振り返りもしないその背中が、全力で拒絶していた。

「まだ何も言っていませんが？」

「こんなド田舎《いなか》に住む炭焼きジジイに、わざわざ会いに来るなどと、ろくな用件ではあるまい」

「正論ですね――と言いたいところですが、違います。ろくな用件です」

完璧《かんぺき》なフォームとリズムで斧を振り続ける老人へ、アレスは臆することなく告げる。

「あなたも住むこの国が、強力な魔族に狙《ねら》われております。どうか、討伐を手伝っていただけないでしょうか？　他人事《ひとごと》ではないはずです」

「知らん。ここが危なくなったら、よそに移り住むだけだ。安住の地はいくらでもある」

「かつてのあなたは、数々の大魔族を打ち倒し、多くの人々を救った勇者の中の勇者だ。その大志を今一度、思い出していただくわけにはいかないでしょうか？」

「大昔の話だ。こんな隻腕《せきわん》のジジイに何ができる？」

「僕も勇者の端くれです。右腕のハンデ分くらいは、埋め合わせる自信があります」

「かつてのワシは、無知な男だった。それこそ魔王だって倒せると信じ、粋《いき》がっていた。だがいい本物の魔族と出会って、現実を知った。右腕が授業料だ。人族《ワシら》では魔族《ヤツら》には勝てん。逃げろ。それができなくなったら滅びろ」

背を向けたままの老人が、悲観的な言葉を呪《のろ》いの如《ごと》く吐き続ける。

（どうすんの、アレス？　ただの負け犬じゃん？　人生の敗残者じゃん？）

その背に辛辣《しんらつ》な眼差しを向けていたダナが、リーダーの判断を仰《あお》ぐように肩を竦《すく》める。

アレスはかぶりを振って応えた。

この老人が本音を言っているとは思えなかった。

だから辛抱強く説得を続けた。

「お気持ちはわかります。僕もオナカスイタなる魔族と出会い、自信を根こそぎにされました。でも、彼らと戦う意志までは失っていない。そして、それはあなたも同じはずだ」

「わけのわからぬことを……。ではなぜ、ワシはこんな僻地《へきち》で隠棲《いんせい》している？」

「逆にお訊《たず》ねします。ではなぜ、あなたはこんな魔界に近い場所で暮らしておられるのか。逃げるならば、もっと東の王国に隠れ住めばよいのに」

「ぬっ……」

アレスの言葉を聞いた老人の腕が、一瞬、ピクリと揺れた。

姿勢が乱れ、薪へ振り下ろされた刃先が乱れ、二つに断つことなく突き立った。

「〝光の勇者〟カーマン殿――あなたは戦意を失ってなどいない。ただ何かを待っておられる。あるいは狙っておられる。違いますか？」

それが何かまではアレスも知らないし、あくまで予想でしかない。

ヴァネッシアからも何も聞かされていないし、ならば大天使のお告げにもなかったのだろう。

果たして、老人は背中を向けたまま、だが薪を割る手は止めて訊《き》いてきた。

「倒すべき魔族の名は？」

「はい。『憤怒』の魔将であると聞いています」

アレスは率直に答えた。

途端――

「それを早く言わんか！」

隻腕の老勇者はこちらを振り返った。

その双眸《そうぼう》は強い眼光を放ち、老いを感じさせないどころか、アレスをして総毛立たせるほどの凄《すさ》まじい闘志を漲《みなぎ》らせていた。

殺意すら超える何かを宿らせていた。

†

「今朝《けさ》は小雨が降っているようだ」

とサ藤が言った。

地下の隠れ家にいると天気がわからないので、リモーネは毎日教えてもらっていた。

「人族は妙なことを気にするんだな」

とサ藤は笑うが、天気を知らないとどうもしっくりこない性格なのは、自分だけなのか否《いな》かリモーネもわからなかった。

ヴァネッシアに呼び出されたのは、そんな日の午前だった。

リモーネも覚悟していた事態だ。

第七王女の寝室にいる影武者が、親書を届けてくれた。

ヴァネッシアの直筆。親しげな筆致で王宮の中庭に来るようお願いされていたが、よくよく読めば有無を言わさない出頭命令に等しかった。

「応じないわけには参りませんわね」

「僕も一緒に行く。君の影の中から見守る」

リモーネはサ藤の転移魔法で王女の部屋に戻ると、そこからは単身を装って中庭へ向かった。

花壇と小径《こみち》、水路が幾何学模様に整備された、王室自慢の庭園だ。

広さはおよそ三百メートル四方。出入り口は南北の二か所のみ。

屋根はなく、小雨がしとしとと道を濡《ぬ》らしている。

だが中央に四阿《あずまや》があり、ヴァネッシアともそこで待ち合わせだった。

足の震えを隠し、胸を張って向かうと、笑顔の聖女がベンチで佇《たたず》んでいる。

ただ、違和感があった。

いつも神々しいくらいのヴァネッシアの、存在感が薄いというか。

（幻影魔法だ。本人はどこか別の場所にいて、身の安全を図っているのだろう）

リモーネの影の中からサ藤が教えてくれる。

魔族に比べれば児戯《じぎ》に等しくても、人族の中にも魔法の使い手はいる。

『ご機嫌よう、リモーネ。よく来てくれましたね』

「ご機嫌麗《うるわ》しゅうございます、ヴァネッシア様。ご用件はなんでしょうか？」

リモーネは四阿の中までは踏み入らず、小雨で濡れるのも構わず、胸を張ったまま聖女の幻影と対峙《たいじ》する。

『その様子だとおわかりのようですが、あなたに魔族と内通した嫌疑がかかっております』

「いいえ、ヴァネッシア様。いったいなんのことだかわかりませんわ」

『シトロン様は既に罪を懺悔《ざんげ》し、またあなたが「憤怒」の魔将とともに陰謀を巡らせている首謀者だと、告発なさいましたよ？』

「シトロン兄上にも困ったものです。自分の罪を軽くするため、罪のないわたしになすりつけるおつもりなのでしょう」

『あくまで白を切ると？　その場合、わたくしも心苦しいですが、あなたを投獄しなければなりません。罪を告白するまで、厳しく審問しなければなりません』

ヴァネッシアのその台詞《せりふ》が合図だったか――

南北、二つの出入り口に人影が現れ、封鎖する。

リモーネの前方、北より姿を見せたのは〝赤の勇者〟アレス。

退路を断つように、南に立ったのは彼の三人の仲間たちだ。

(そちらが暴力に訴えるおつもりでしたら、仕方がありませんわね)

リモーネは小雨に打たれながら、肚《はら》を括《くく》った。

アレスらの登場は、同時にこちらにとっても合図である。

「茶番は終わりだ、サルども――」

リモーネの影の中から、サ藤がすーっと浮かび上がってくる。

「貴様ら全員、ここで皆殺しだ。そして、その後はヴァネッシアとやら、貴様の番だ。必ず見つけ出して、後悔させてやろう」

わずかひとにらみで、ヴァネッシアの幻影を解呪《かいじゅ》する。

サ藤の台詞の前半はハッタリだ。〝赤の勇者〟如き、赤子のようにあしらえると言っていた。

しかし、後半は本気だ。

事前の打ち合わせでこう言っていた。

「ヴァネッシアなる聖女、君から話を聞けば聞くほど面倒だな。ケンゴー様の将来の禍根にならないためにも、たとえ僕の減点になってもここは捕えておくべきだ」

――と。

そのサ藤が静かに魔力を漲らせ、まずは赤子ら四人を軽くひねろうとする。

アレスが長剣を携え、味方の強化魔法を受けながら、中庭へ突入してきたのに対し、
「この僕に刃を向けたんだ。腕の一本や二本は覚悟しろよ？」
サ藤は闇色の刃を無数に顕現させ、無造作に放つ。
軌道上にあった四阿をいとも容易《たやす》く解体し、勢いを落とすことなくアレスを迎え撃つ。
だがその魔法による斬撃が、〝赤の勇者〟に届くことはなかった。
途上、にわかに無数の剣閃《けんせん》が走り、尽《ことごと》く斬って落とされた。

リモーネの動体視力では、何が起きたかほとんど見えない。
ただ、隻腕の老人が忽然《こつぜん》と立っていた。
どこからどう現れたのか、サ藤とリモーネの背後に立っていた。
闇魔法の刃を全て断ち切ったのは、この老人の仕業だった。
彼の左手には、一目で業物とわかる広刃の剣がにぎられていた。
だけど、闇の刃を斬り落としたのはこっちではない。
老人の喪《うしな》われた右腕からは、眩《まばゆ》い光でできた義手が伸びていた。
さらに光の剣をにぎっていた。
その光刃で、サ藤の闇刃を全て斬り捨てたのだ。

「初めましてじゃなァ、当代の『憤怒』よ。ワシは昔、貴様の父親に世話になった者よ」

老人は実剣と光剣の二刀を残心で構え、言った。

「貴様自身に恨《うら》みはないが――ワシの復讐《ふくしゅう》につき合え」

言った途端、血飛沫《ちしぶき》が噴いた。

いったい、いつの間に斬っていたのだろうか？

サ藤の右腕が遅れい、遅れて斬り飛ばされい、鮮血とともに宙を舞った。

†

「〝光の勇者〟カーマンはかつて先代の『憤怒』の魔将と遭遇し、激闘の果てに、その右腕と仲間たちを喪《うしな》ったのです」

物言わず、動かぬはずの大理石像が、生き生きと告げた。

ヴァネッシアはそれを跪《ひざまず》いて聞いた。

「彼の敗北感は凄まじく、ですが復讐心はそれ以上でした。この三十年もの間、山に籠《こも》って牙《きば》を研ぎ、『憤怒』の魔将さえ打ち滅ぼす術を磨いていたのです」

場所はカーン大神殿の礼拝堂。

楽しげに語るのは、七つある大天使像の一体だ。

天より魂だけを降臨させた御使いの、受肉した似姿だ。

五枚翼を持つ、「救恤《リベラ・リタス》」の大天使像——の隣。

七枚の翼を持ち、「慈悲」を司る大天使、ミ・セ・リコ・ルディアの像であった。

「その後、先代の『憤怒』はどうなったのでしょうか、大天使様。ミ・セ・リコ・ルディア様」

ヴァネッシアは頭を垂れたまま質問する。

「この私が自ら下界へ降臨し、討ち取りました」

「嗚呼《ああ》、ミ・セ・リコ・ルディア様！　御身《おんみ》こそ真の慈悲の体現者！」

ヴァネッシアは感極まって打ち震え、大天使の御名《みな》を唱える。

「ですが、そう何度も私が下界に介入するのは、自助努力すべきあなた方のためになりません。ゆえにこたびはあなた方の懸命を以って、当代の『憤怒』を討滅してもらいます。私が授けるのはその助言と、『慈悲の涙』の一滴のみです」

「充分にもったいなきお言葉ですわ、大天使様！　そして、どうぞここでわたくしと正義の行《たたかい》方をご覧くださいませ。〝光の勇者〟は必ずや悪魔を討ち滅ぼしてくださると、わたくしは信じておりますわ！」

†

そのころ一方、マンモン大公国の領主居城では――

マモ代《よ》の忠実なる侍女《じじょ》たちが、留守中でも主君の部屋をしっかり掃除していた。

すると一人が、

「あら？　マモ代様ったら、妨害工作用にこれも持っていくって仰ってなかったかしら？」

「ああ、あなたは聞いてなかったのね。その後、マモ代様はお考え直しされて、今回はあのヴァネッシアとかいう王女を操《あやつ》るプランは、お取りやめになったのよ」

「レヴィ山《やま》様の監視の目が厳しそうでしょう？　だから、この手札《カード》が露見したら困るって。まだもったいないって」

「さすがマモ代様は用心深いお方ねえ」

きゃっきゃきゃっきゃとおしゃべりしながらも、その侍女は丁寧にハタキにかける。

棚に収まる、「救恤《リベラ・リタス》」の大天使の小像に。

第六章　これぞ魔法技術の粋なるや

眩《まばゆ》い光の尾を曳《ひ》いて、カーマンの剣閃《けんせん》が走る。

恐ろしく速い斬撃だった。

サ藤《とう》が「眼」に魔力を凝らし、動体視力を爆増させるも、見切るのもギリギリ、かわすのはもっとギリギリというレベル。

既に右腕を斬り落とされ、切り口から鮮血を撒《ま》きながら、思いきりよく跳躍するくらいでないと、〝光の勇者〟の太刀筋《たちすじ》からは逃れることができない。

その一刀を見ただけで、このカーマンなる老人がどれだけ人外《バケモノ》じみているか、サ藤をして驚嘆を禁じ得ない。

まず剣技の冴《さ》えが凄《すさ》まじい。

魔族に比べれば遥《はる》かに短命種である人族が、どれほどの人生を剣術に捧げれば、これほどの高みに到達できるというのか？

まさに妄執《もうしゅう》という他《ほか》ない。

加えてカーマンの義手と剣が、光の魔力で構成されているのが厄介《やっかい》だった。

魔族は光属性の攻撃魔法を苦手とする。それはサ藤すら例外ではない。

ゆえにカーマンの光剣とそれを振るう義手の動きは、そもそも魔族の「眼」では見切るのが難しいし、あまり「眼」を凝らすとそれだけで眼球にダメージを負いかねない代物なのだ。

（人族の分際で、僕たちを討つための術を良く練っている……っ）

極まった剣技プラス、光属性の義手と刃。

シンプルだが、それだけに対策をとりづらい。

「わかっておるか、当代の『憤怒《ふんぬ》』？　まず右腕を斬ったのは復讐《ふくしゅう》よ！　貴様の親父《おやじ》にワシの右腕を奪われた腹いせよ！　本当は先ので貴様の首を落とせたのよ！」

カーマンが鬼の形相でわめきながら、光の剣を振りたくってくる。

「強がりを言うな。一撃決着できる好機があれば、見逃す阿呆《あほう》がいるかよ」

サ藤はそう決めつけた。

だが、これは他人の心理を読むことをしなかったサ藤の、そして今でもまだ苦手とするがゆえの間違いである。

カーマンという鬼と成った老人は、あくまで復讐のためだけに戦っている。

復讐心を満たすためならなんだってやるし、そうでなければやる意味が一切《いっさい》ないのだ。

カーマンにとり憎き「憤怒」の魔将を、何が起こったかさえもわからないうちに楽に殺してしまうなどと、たとえそれが可能だったとしても実行しない。

それが慢心だというのなら――

慢心してなお「憤怒」に勝つために、カーマンは三十年、牙《きば》を研いできた！


「そら次ィ！」

復讐鬼が光の剣を大きく、斜め一文字に振るう。

その太刀筋はサ藤ではなく、明らかにリモーネを狙《ねら》っていた。

「何をするか、ジジイ！」

サ藤は激昂《げきこう》しつつ、リモーネに跳びかかり、押し倒すようにして斬撃から逃す。

「貴様の親父はワシの仲間たちを皆殺しにした！」

カーマンはなお少女の命を狙い続けた。

「殺すならワシだけにしてくれと懇願したのに！　ワシを嘲弄《ちようろう》するためだけに！　わざと仲間たちから先に！　一人一人、順に！　殺していったのだ！　その中にはワシの妻もおった‼」

カーマンは呪詛《じゆそ》を吐き続けた。

サ藤は左手でリモーネを抱き、濡《ぬ》れた地面を転がりながら老人の斬撃を避け、泥に塗《まみ》れながら跳ね起きると、間髪入れずに襲い来る光剣から我が身を呈《てい》して庇《かば》う。背中を浅く断たれる。

「卑怯者《ひきようもの》め！」

その傷は回復魔法で癒《いや》しつつ、サ藤は罵る。
だが斬り落とされた右腕の方は、止血するのが関の山。
再生させるには数時間かかるだろう。
サ藤は回復魔法を得手としていなかった。
「魔族がほざくな！」
カーマンの裂帛《れっぱく》の一撃をまたかわしきれず、リモーネを庇ってサ藤が傷を負う。
さらにはそこへ、アレスが追撃を目論《もくろ》む。
突き出された右掌《みぎてのひら》、火の粉の如《ごと》き燐光《りんこう》をゆらりとまとう。
天帝が有するとされる、「破邪の力《ザ・パワー》」の片鱗《へんりん》だ。
〝赤の勇者〟の異名の源だ。
右掌からカッと猛火を顕現《けんげん》させると、サ藤へ向けて撃ち放つアレス。
サ藤は防御魔法を駆使し、魔法陣で己《おのれ》の身とリモーネを守ろうとする。
だが〝赤の勇者〟の炎は防ぎきれなかった。
迫る余波からまた我が身を盾《たて》に、少女を庇うしかなかった。
ただの火傷《やけど》ではあり得ないほどの痛みに苛《さい》まれ、サ藤は歯噛《はが》みして耐える。
勇者という連中は、天帝の後裔《こうえい》である。

神の血の一滴の、そのまた何十、何百分の一とはいえ、確かにその身に宿しているのだ。

ゆえに連中は天帝が持つ、「破邪の力」も後継していた。

力の在り方は一人一人が異なるのだが、〝赤の勇者〟が有しているのは邪を祓《はら》い、魔を灼《や》き浄《きよ》める、「神威の炎《ザ・フレイム》」。

たとえサ藤ほどの術巧者といえど、魔族特攻ともいえるこの攻撃は防ぎきることも癒すことも難しかった。


「サ藤様！　サ藤様っ！」

あわや殺されかけて、リモーネも半狂乱になってしがみついてくる。

当たり前だ。いくら聡明で気丈とはいえ、十三歳の少女なのだ。

しかも荒事にはまるで縁のない、修羅場を知らない、いたいけな娘なのだ。

「大丈夫だ。僕を誰だと思っている」

サ藤は安心させるために、ぎゅっと抱き寄せる。

少女を抱えて戦うのは重いハンデだとか、一本だけ残った左腕さえ使えないのは不利だとか、泣き言は死んでも言わない。

できうるならばリモーネだけでも逃がしてやりたいところだが、それも適《かな》わない。

敵は光と赤の両勇者だけではなかった。

アレスの仲間の女たち――サポート役に徹する二人と、それを護衛する戦士がいる。

女魔法使いは強化魔法を連発し、両勇者のアシストをする。

だが一番厄介なのは女神官だ。

「――無力なる我らに天帝のご加護あれかし。封魔の秘蹟《ひせき》あれかし」

と一心不乱に聖句《じゆもん》を唱え、結界の秘蹟《まほう》を中庭へ展開する。

かつて「狡猾《ド・ロッサス》」の天使が人族に伝えた魔法で、《転移禁止結界《ノーリーブ・オア・ダイ》》に似ているが、大きく異なる点が二つある。

まず魔族の使う瞬間移動魔法のみを無効化するという点。

そして、魔法不適正種であるサルにも使うことができるように、魔力の不足分を「信仰心」などという胡散臭《うさん》い代物（これをエネルギーと呼ぶのはあまりにペテンじみていて、まともな神経の魔族なら口にするのも憚《はばか》られる！）で補うことができる点だ。

名を《浄罪の檻《プリズン》》。

この面倒な結界がある限り、サ藤たちは自分の足で中庭を脱する以外、逃れる方法がない。

だが光と赤の両勇者が、そうはさせじと猛攻撃を仕掛けてくる。

サ藤はリモーネを庇うのでいっぱいいっぱいで、光の剣に斬り裂かれ、また「神威の炎」で身を焼かれる。

よけきれず、防ぎきれない。

もし、サ藤が得意とする極限防御魔法——《終末の獣は終焉を迎えず《ザ・ビースト・イモータル》》を用いれば、恐らく「神威の炎」さえ完封できる。

これは周囲に数字の「6」の形をした瘴気《しょうき》を、無数に展開するサタン家の相伝魔法で、高い防御力も然《さ》ることながら、その瘴毒で近づく者も殺戮《さつりく》する攻防一体の業である。

だが、この状況で用いれば当然、リモーネが瘴気に侵されて絶命する。

そして、この奥義以外の防御魔法を、サ藤は不得手としていた。

この窮地の要因となっていた。

致し方のない話である。そもそも魔族の気質的に、回復や防御魔法を得意とする者は少ない。

さらには、得手不得手がはっきりしているのは決して悪いことではないのだ。

いくら魔族が長命種といえど、魔法の修業に費やす時間は必ず有限。

ルシ子《こ》のようにプライドが高くて、己に苦手分野が存在することが許せず、満遍《まんべん》なく伸ばしていくと器用貧乏に陥《おちい》ってしまう。

サ藤にははっきり不得意な魔法がある反面、得意な分野では他の追随を許さない。

例えば、時空に干渉する魔法はそもそも習得が困難とされるが、サ藤はこれが得意中の得意だし、攻撃魔法（特に炎魔法と闇《やみ》魔法）はピカイチである。

ならばその十八番《おはこ》の攻撃魔法で、カーマンらを蹴散《け》らせばよいではないかという話になるのだが――

「温《ぬる》いわッ！　その程度かよ、当代の『憤怒』!!」

〝光の勇者〟が左右の剣を一瞬、クロスさせるように構えた。

義手でつかむ光の剣には魔力が、左手でつかむ鋼《はがね》の剣には膂力《りょりょく》が、にわかに漲《みなぎ》る。

そして、サ藤が闇の刃を反撃に放てば、カーマンは光剣でそれを斬り払いながら迫り、サ藤が迎撃に猛火を放射すれば、カーマンは実剣が巻き起こす太刀風《たちかぜ》でそれを打ち払って迫る。

サ藤はリモーネを抱えたまま、さらに周囲に闇属性の魔法陣を三つ、炎属性の魔法陣を二つ展開すると、そこを砲口に闇刃と業火を撃ちまくる。

が、やはりカーマンには通じない。その突撃を止められない。

光の勇者の操《あやつ》る双剣で尽《ことごと》く斬り払われ、打ち払われる。

「貴様の親父は、もっと強力な魔法を使ってきたぞ！」

鬼気迫る形相で振るわれるカーマンの光剣を、サ藤はリモーネを抱いたまま間一髪、跳び退《すさ》って逃れる。

（僕の父はサタン家の面《つら》汚しだ！　一緒にするな！）

サ藤は歯噛みし、その言葉を呑《の》み込む。

それがどれだけ事実であろうとも、今こうして追い詰められていては、説得力皆無。

負け犬の遠吠《とおぼ》えにしかならない。

「どうした、小僧⁉　貴様の本気はこんなものか！」

カーマンが斬撃とともに見舞ってくる痛罵《つうば》に、サ藤は歯を食いしばって堪《こら》える。

もし自分が全力を出せば、この王宮と勇者ら二人を焼き払い、何もかもを灰燼《かいじん》に帰すことだとて可能であろう。

それこそ先代《ちち》「憤怒《おや》」の何倍も強力な攻撃魔法を、使うことだとて可能なのだ。

（でも今、僕がそんなことをすれば――――）

同時に腕の中の少女もまた、消し炭と化していることだろう……。

だから本気など出せない。

たとえどれだけ侮《あなど》られようとも、決してだ。

あくまで己に枷《かせ》を課しながら、反撃と迎撃を続けるサ藤。

だがそれでは、このカーマンという復讐鬼には通じなかった。

ならばリモーネを余波に巻き込まず、且《か》つ両勇者を凌駕《りょうが》できる塩梅《あんばい》を模索するべきなのだが、それも難しかった。

そのための魔力調整というのが、これまたサ藤にとって不得意分野なのである。

サ藤は魔界屈指の術巧者と目されている。

持ち前の莫大《ばくだい》な魔力と才覚を以《も》って、誰にも真似《まね》できない超々高難度の魔法を、使いこなすことができる。

しかし、同じ術巧者でもマモ代《よ》が得意とする、あたかも針の穴を通したり、満杯の水をこぼさずに運ぶような、繊細な魔力のコントロール技術は磨いてこなかった。


あれも苦手、これも苦手。苦手、苦手、苦手——

だがくり返すが、決してサ藤が未熟だからということではない。

それらは全部、全部、全部、全部、これまでのサ藤の人生（否《いな》、生き様と言うべきか？）には不要なものばかりだったからだ。

敢《あ》えて重きを置かなかった、選別の結果にすぎないからだ。

回復魔法などサ藤には必要なかった。

なぜなら、麒麟児《きりんじ》たるサ藤を傷つけられる者などいなかったからだ。他者を癒すという行為もしなかったからだ。

防御魔法など、サタン家の秘技一つを磨けば事足りた。

まさか少女を庇いながら戦う日が来るなどと、冷酷な彼は思いもしなかった。

攻撃魔法だとてそうだ。

最大火力を以って万敵を焼き尽くすことができれば、それが最良の結果に決まっているではないか。なぜ手心を加える術を殊更《ことさら》に磨く必要があろうか。

味方に被害が出る可能性？　逃げも防げもできないその味方が悪い！

――と。

本来は遥か格下のカーマンらに追い詰められる羽目となっているのも、畢竟《ひっきょう》、今日のサ藤を形作った諸々の生き様や哲学が、尽《ことごと》く裏目に出ている状況と言えた。

（いつかこんな事態になるとは想定もしなかった、僕の自業自得か……）

サ藤は胸中で自嘲《じちょう》するが、公平に見て不運の色が強いであろう。

その不運が烈光の剣と破邪の炎という形をとって、息吐《つ》く間もなく襲い来る。

回復魔法が追いつかず、サ藤の全身に刀創《とうそう》と火傷が徐々に増えていく。

（我慢……我慢だ……っ）

サ藤は忍耐強く、前方に防御の魔法陣を四つ展開する。

アレスの炎をどうにか食い止めつつ、展開中の攻性魔法陣七つから放つ闇刃と火炎放射を、カーマンへ集中させる。

だが、やはりカーマンはこの程度の攻勢など物ともしない。

鋼の剣圧で炎を打ち払い、また躍るような回避運動だけで闇刃を機敏に凌《しの》いでみせる。

そして、魔法の義手を変化させて、にぎっていた剣の代わりに非実体のクロスボウを構えるや、光の矢を無数に連射してくる。

サ藤が展開していた四つの防御陣を掃射され、蜂の巣のように穴と亀裂だらけにされる。

そこへ神威の炎による追撃が加えられ、防陣が四つ全て霧散する。

サ藤はまた我が身を盾に、炎の余波からリモーネを庇わねばならなかった。

カーマンに背中を向ける格好となり、そこへ光の矢を五発も撃ち込まれる。

（我慢、我慢、我慢、我慢……っ！）

これでもかと歯を食いしばり、意地でも悲鳴だけは漏《も》らさない。

以前のサ藤だったら、とっくにキレていただろう。

「憤怒」の魔将の本能のままに荒ぶり、王宮ごと火の海に変え、リモーネ諸共、一切の別なく
鏖殺《おうさつ》していただろう。

だが今のサ藤は忍耐力を総動員し、好きでもない防戦に専念している。

それは人としての成長か、はたまた魔族としての劣化か。

（葛藤している贅沢など、今の僕には許されない……っ）

カーマンの義手がいよいよ「手の内をさらす」かのように、変幻自在の猛攻を仕掛けてくる。

光の剣を振るったかと思えば槍《やり》に変化して伸び、さらに鞭《むち》となって躍る。

サ藤は翻弄《ほんろう》され、鞭打《べんだ》を額《ひたい》に食らう。

皮膚がばっくりと裂け、あふれた血が左目に流れ込む。

（我慢、我慢、我慢、我慢、我慢、我慢、我慢、我慢……っ）

その裂傷自体は回復魔法ですぐに塞《ふさ》いだが、流血で視界が半分、使い物にならなくなる。

しかも、溢《あふ》れた血が濡らしたのは、サ藤の左目だけではなかった。

必死にしがみついてくる少女にもかかり、前髪をべったりと汚していた。

実戦場の恐ろしさにずっと悲鳴を上げていたリモーネが、それでハッと我に返る。

「サ藤様⁉　ご無事なのですか、サ藤様⁉」

顔を上げ、こちらの様子を案じてわめく。

(そのまま目と耳を塞いでいればいいものを……)

サ藤が窮地にあることが、伝わってしまった。

防御用の魔法陣を新たに作り直しつつ、

「……何も問題はない。すぐに方をつけるから、大人しくしていろ」

「強がりなら、やめてくださいまし！」

リモーネが大声で訴えてくる。

こちらを見上げるその瞳《ひとみ》には、覚悟の色が浮かんでいる。

「もしや、わたしが足手まといになっているのではございませんの⁉」

敏《さと》い娘だ。もう隠せなかった。

それでもサ藤は否定する。

「大丈夫だと言っているだろう」

「わたしのことなど捨て置いてくださいまし！　ご自身の大事を優先してくださいまし！」

「気が散るから黙っていろ！」

こんな風に押し問答になるのが嫌で、リモーネには気づかずにいて欲しかったのに。

「全部、僕の想定通りだ！　作戦のうちだ！」

四枚の防陣で神威の炎を凌ぎ、七枚の攻陣でカーマンへ集中砲火する。

依然として戦法は変えない――と見せかけて、いきなり――サ藤は己の影を魔法陣として用い、そこから無数の闇刃を撃ち放ち、光の勇者へ奇襲をしかける。

「小賢《こざか》しいわ！」

カーマンは即妙に義手を変化させ、光の盾を作り出す。

サ藤の最前からの攻撃も、不意討ちによる攻撃も、その広い防御面積でまとめて受ける。

だがサ藤の奇襲は二段構えである。

間髪入れず、今度はカーマンの影を魔法陣として使用し、老勇者の足元から闇の刃を伸ばす。

「愚か、愚か、愚か、愚か、愚か！」

呵々大笑《かかたいしよう》するカーマン。

「その伏撃は一度、貴様の親父が使ったのを見たわ！」

タネを知っていれば奇襲にならぬとばかり、あっさりと跳躍して逃れる。

光の盾を薙刀《なぎなた》に変えて、強《したた》かに反撃してくる。

いくら長柄《ながえ》武器といえど、尋常の物ならばあり得ないほどにリーチが伸びた斬撃を、リモーネを抱えたままのサ藤では避けきれない。

咄嗟《とっさ》に向けた防御魔法陣もバッサリ両断され、やむなく右足を振り上げて蹴り払うも、魔力でできた薙刀に、接触した爪先《つまさき》に激痛が走る。

光属性の攻撃に弱い、魔族の泣き所を味わわされる。

(我慢我慢我慢我慢我慢我慢我慢我慢我慢我慢我慢我慢我慢我慢我慢我慢……っ)

起死回生の奇襲も通じず、再び防戦一方に追い込まれるサ藤。

光の義手から伸びた薙刀が、槌矛《つちほこ》となり、長剣となり、投槍となり、まさしく「手を変え品を変え」、ラッシュを仕掛けてくる。

サ藤は周囲に展開する魔法陣を、もはや全て防御用のものに変えて、カーマンの連撃をギリギリのところで捌《さば》き、凌ぎ続ける。

サタン家の当主にあるまじき、みじめな戦いぶりだ。

こんな醜態をさらすのは、生まれて初めてだ。

しかし、もう気にならない。

屈辱だとか業腹であるとか、そんなものはもうどうでもいい。

一層強く抱き寄せた、腕の中の温《ぬく》もりが、忘れさせてくれるから。

(他人《ひと》の肌とは、こんなにも温かいものなのだな)

両親《おや》にも抱かれた記憶がないサ藤が、生まれて初めて知る心地。

そう思えば、憤怒《いかり》さえ溶けていく。

この温もりを守るためなら、なんだって我慢ができる――


そんなサ藤の孤軍奮闘ぶりを、アレスはつぶさに見ていた。

腕の中の少女を守るため、血みどろになって戦い続ける少年《おとこ》の形相を見せつけられていた。

赤燐光を漲らせた右腕は、サ藤の方へと突きつけたまま。

神威の炎はいつでも撃ち放つ準備ができている。

なのに、今はもう躊躇《ためら》いを覚えてしまっている。

(リモーネ王女は聡明な人物だ。その意味をよく理解した上で魔族に魂を売った、赦《ゆる》されざる王族だ。「憤怒」の魔将と諸共に討つべき人物だ。ヴァネッシア姫にも重ねて説明されたし、僕だとて頭では理解している。頭では……)

自分自身へと言い聞かせるアレス。

しかし、もう心がついてこない。

少女を決して見捨てず、我が身を盾にして、終わりの来ない苦闘に殉じようとする魔族。

そこへ付け込み、明らかに復讐を愉《たの》しみ、私心の剣を振るい続ける光の勇者。

これではどちらが正義でどちらが悪か、正直わからなくなっていた。
確かに天帝の教えでは明確かもしれない。
しかしアレスの心は、人族が正義で魔族が悪だと、そんな風に割り切れない。
「カーマン殿……！」
後ろめたさに苛まれつつ、大先輩に当たる〝光の勇者〟へ呼びかける。
「憤怒」の魔将を討つのはよし。
しかし無力な王女を巻き込むのはやめ、もっと堂々たる戦いをすべきではないのか。
せめて、それなら、アレスも迷いなく魔族討伐に邁進《まいしん》できる。
こちらの言いたいことは、カーマンにも伝わっただろう。
老勇者は光の長刀を振るう手を止めず、背を向けたまま答えた。
「青二才が！　温いことをほざくな！」
ああ。やっぱり。
カーマンの言う通りだ。アレスの方が綺麗事《きれいごと》をぬかしているだけだ。
自分も頭ではわかっている。
でも、心がもうついてこない。
右腕がまとう赤燐光の輝きも、見る見る衰えていく。
心が正義で燃えない時、アレスは〝赤の勇者〟にはなれない――

「〝勇者〟の面汚しめ、そこで指をくわえておれ！」

神威の炎による火力支援を失ったカーマンが、業を煮やしたように怒鳴る。

鋼の剣をにぎるその左腕から、至純の燐光が立ち昇る。

〝光の勇者〟の、「破邪の力」の片鱗だ。

人界にいくつも伝説を打ち立てた老勇者が、いよいよ本領を発揮しようというのだ。

気配を感じただけで、魔族たるサ藤の肌が粟立《あわだ》っていく。

そう。

カーマンが主力武装として用いていた光の義手は、決して彼の「破邪の力」ではなかった。

あくまで魔力と術式によって構成された、ただの強力な魔法にすぎなかった。

今、カーマンの左腕に皓々《こうこう》と漲り、鋼の剣の刀身を覆い尽くしていく、この煌《きら》めきこそが、
彼の真骨頂。

光の勇者の「神威の光《ザ・ラスター》」だ。

「――許せ！」

サ藤はもう反射的に、リモーネを放り出していた。

今までのように我が身を盾にするだけでは、この「破邪の力」からは少女を守りきれない。

巻き込まないようにするしかない。

カーマンの刀身に満ちていく、その威光を見ただけで理解させられた。

勇者が宿す「破邪の力」の在り方は、千差万別。

カーマンのそれは、アレスのそれと違って連発が利《き》くものでも、常用できるものでもないのだろう。

その分、一撃必殺の威力を有しているのだろう。

（ならば僕も持てる最大を以って、相殺《そうさい》するしかない！）

この瞬間、咄嗟に用意できる最大の魔導――サ藤はカーマンへ向けて無事な左腕を突きつけると、そこに走る毛細血管の隅々にまで魔力を行き渡らせる。

数千年と続くサタン家のサラブレッドたるサ藤の肉体は、そこを縦横に巡る血管は、それそのものが強力な魔法陣として機能するようになっている。

「おおおおおおおおおおおおおおおおおおおおおおッ」

生まれて初めて雄叫《おたけ》びというものを上げるサ藤。

そして、左腕の生体魔法陣から極大闇魔法を一直線に迸《ほとばし》らせる。

「『憤怒』、殺《と》ったりぃッ！」

カーマンもまた裂帛《れっぱく》の気勢を上げる。

そして、突き出した鋼の剣から一条の「神威の光」を放つ。

真っ向から激突する極大威力の闇と光。

鬩《せめ》ぎ合う時間は、ほんの一瞬。

勝ったのは――「破邪の力」。

サ藤は己が撃ち放った極大闇魔法ごと、烈光に呑み込まれる。

天帝の血脈が創出した神威の光が、魔族の肉体を浄化し、酷刑の如き激痛をもたらす。

サ藤も全身を防御の魔力で覆ったが、絶大なまでの破邪の力になお蹂躙《じゅうりん》された。

左脇腹を深く、大きく抉《えぐ》り取られ、左足まで千《ち》切《ぎ》れ跳ぶ。

力なく、その場に頽《くずお》れるサ藤。

無事だった左腕の方もズタボロで、肘《ひじ》関節があらぬ方へと曲がっている。

七大魔将の一角たるサ藤でなければ、その一撃で絶命していただろう。

残る魔力を振り絞り、生命維持に当てるので精一杯。

無論、戦う余力など残されていない。

もう立ち上がることもできず、雨で泥濘《ぬかる》んだ地面に伏せ、土を舐《な》め、荒い呼吸をくり返す。

息も絶え絶えになりながら、しかしサ藤は真っ先に確認する。

「……無、事……か……リモ……ネ……」

「わたしは無事です！　それよりもサ藤様の方こそ!!」

すぐに少女が駆け寄ってくる気配。

傍《かたわ》らに膝《ひざ》をつくと、今度は自分がサ藤を守る番だとばかり、ぎゅっと抱き寄せる。

半死半生の状態で抱き締められると激痛を伴うのだが、この痛みは不思議と心地よい。

（……そうか……無事ならよかった……）

いい、いい、いい、
心底から安堵する。

だが、他人に優しくされたこともすることもほとんどなかった少年魔族は、大切な少女の無事を素直に喜び、祝いを口にする習慣を持っていなかった。

だから、代わりにサ藤らしい言葉が口を突いて出た。

「はは……やったぞ……。見ているか、レヴィ山《やま》……？　ついに僕は……やってやったぞ――」

目を閉じ、嚙みしめるように言った。

「――これなら減点0《ゼロ》だろう？」

と。

万感のこもったそのサ藤の台詞《せりふ》。

聞いて、果たして、

「そうですわ、サ藤様……っ。おかげでわたしは傷一つ負っておりませんわ！」

より一層強く抱きしめ、涙ながらに感謝する者がいた。

また果たして、

「ハン！　その体たらくで何を勝ち誇っておるか！」

光の剣を構え直しながら、鼻で笑う者がいた。

そして、果たして、

「見事なり、サ藤！　おまえの底力、しかと余は見届けたぞ！」

落雷の如く雨空から中庭へ降り立つや、お褒《ほ》めの言葉をかけてくれる者がいた。


(ああ……お待ちしておりました……)

サ藤はぐったりとなりながらも、感激に打ち震える。

瞼《まぶた》を閉じたままでも、後光の差すが如きその御姿が、頼もしい王者の背中が、目に映るかのようであった。

来てくれると信じていた。

どんなに無様《ぶざま》でも、時間稼ぎにしかならなくても、辛抱強くあがいていれば、きっと駆けつけてくれると思っていた。

なぜならその御方は、サ藤の頑張りを「見守っている」と約束してくれたからだ。

(これでもう安心だ……)

リモーネは救われたのだと安堵《あんど》する。

誰も頼みとしないサタン家の麒麟児が、この世で唯一《ただ》人、絶対の信頼を抱くその御方――

身にまとうは真紅《しんく》の鎧《よろい》、《朱雀《すざく》ナイアー・アル・ツァラク》。

右手に携えるは王家伝来の宝物《ほうもつ》、霊槍《れいそう》にして王杖《おうじょう》たる《ダークリヴァイアサン》。

「余はケンゴー。魔王ケンゴーである」

光の勇者へ向けたその静かな声音は、しかし憤怒《いかり》で満ち満ちていた。

†

ケンゴーは半身《はんみ》だけサ藤らの方へ振り返ると、槍を持たぬ左手を翳《かざ》す。

そこから回復の魔力を降り注《そそ》がせ、可愛《かわい》い弟分を治療する。

死に体となっていたサ藤だが、それでみるみる血色がよくなる。

どころか欠損していた四肢まで、ゆっくりと再生を始める。

こんな真似、七大魔将たちですら不可能だ。

持って生まれた破格の魔力と、磨き抜いた技術の賜物《たまもの》だ。

たちまちカーマンが見咎《みとが》め、

「ワシの復讐を邪魔するな、魔王!」

吠え猛《たけ》りながら、鋼の剣で斬りかかってくる。

だがケンゴーはサ藤への治療は続けたまま、右手一本、王杖一本でその斬撃を阻《はば》む。

カーマンは膂力《りょりょく》を振り絞り、刀身を押し込もうとしてくるが、ケンゴーは柄の先で受け止めたまま、泰山《たいざん》の如く身じろぎもしない。

「……戦うのは恐《こわ》いし、痛いのはもっと恐いし、死ぬのはもっともっと恐い。だから、手段なんか選んでられないよな。卑怯だとか言ってられないよな。俺《おれ》だって勝つためならなんだってするし、おまえのやり口を否定はしないよ」

むしろ逆に押し返しながら、ケンゴーは口の中で呟《つぶや》く。

「ええい、何をボソボソと！」

「……だけどそのことと、俺がおまえのことが腹立って仕方ねえのは全然、別の話だよなあ？」

さらに右腕へ力を込めると、王杖ごと振り回すようにカーマンを後方へ大きく弾《はじ》き返した。

「ええい、馬鹿力《ばかぢから》めっ」

カーマンは舌打ち一つ、軽捷《けいしょう》に受け身をとるや、義手から無数の光の矢を飛ばしてくる。

しかし、ケンゴーは前面に大きな魔力障壁を展開し、その全てをシャットアウト。

サ藤の防陣は矢雨のわずか一掃射で蜂の巣にされたが、防御魔法を極めたケンゴーのそれは、いくら受けようが傷一つつかない。

埒《らち》が明かぬと見たカーマンは、体勢を立て直して二刀を構え、斬りかかってくる。

ケンゴーは半身に構えてサ藤の治療を続けたまま、やはり右手一本でその猛攻を捌く。

右の光剣が迫れば王杖で受け流し、左の鋼剣が来れば王杖で撥《は》ね返しと、嵩《かさ》にかかった光の勇者の乱撃を尽く凌いでいく。

ケンゴーとて魔族には違いなく、光属性の攻撃は苦手としている。

ゆえに、カーマンの斬撃を見切るために義手を凝視すれば、目が灼かれてしまう。

いいいいいいいい。

だからまともに見ない。

ただ「眼」に魔力を凝らし、光の義手を構成する術式とその働きだけを「観る」のだ。

これぞ解呪《かいじゅ》魔法を究めた男の真骨頂で、剣術の覚えのないケンゴーが、達人級のカーマンと互角以上に斬り結ぶことのできる理由であった。

第一、いくら人生を復讐に捧げたこの老勇者の剣技が人外《バケモノ》の領域にあろうとも、魔族殺しの特化個体であった「断罪《ダムナ・ティオ》」の天使のそれに比べれば二枚ほど劣る。

ダムナ・ティオを圧したケンゴーに、カーマンの剣筋を見切ることができないわけがない。

カーマンも堪《たま》らず光の剣を槍に変えたり、鞭に変えたりと、こちらを翻弄せんと試みてくる――が、「術式の働き」という本質をつかんでいるケンゴーには通用しない。

そんなものは変幻自在どころか、ただの虚仮威《こけおど》しにしかならない。

さらには老勇者の攻勢を受け凌いでいる間に、光の義手を構成する術式全体を完全把握。

カッとひとにらみでディスペルにも成功する。

「なっ……」

頼みの義手《みぎうで》がいきなり雲散霧消し、カーマンは瞠目《どうもく》絶句。

この老勇者からすれば、長年をかけて編み出した独自、秘伝の魔法なのであろうが、解呪魔法の第一人者《ディスペルマスター》であるケンゴーにかかれば、これこの通り。

特に誇るでもなく、カーマンの白兵戦闘能力の半分かそれ以上を無力化してみせる。

と――

「援護します！」

そこへ今度はアレスの放つ神威の炎が迫った。

彼がしばらく戦意喪失状態だったのはケンゴーも把握していたが、カーマンが窮地に陥ったのを見て、助太刀《すけだち》せずにはいられなかったようだ。

アレスは右腕に赤燐光を漲らせて――それこそ魔王を討つ気概すら込めて、一線に収束させた浄化の炎を二条、三条と撃ち放ってくる。

どんなに強力でも所詮は人族が編み出した光の義手と違い、こちらはまがりなりにも天帝の血脈の片鱗だ。「破邪の力」だ。

原理的には魔法と同じなのだが、ケンゴーといえども容易にディスペルはできない。

ただし、その術式の表層くらいなら一瞥《いちべつ》しただけで把握した。

具体的には、こうだ。

アレスの神威の炎は辺り一帯、無差別に焼き払うような代物ではなく、赤の勇者の理性と理想を体現し、しっかりと制御が効いて指向性を持った、「焼き滅ぼしたい対象だけを焼くことのできる」秘蹟だ。

ゆえに術式全体の把握は困難でも、制御に相当する部分だけを集中的に読み解くことで、今から放つ神威の炎がどのような指向性を持っているか——要するに、どんな軌道を描いて放射されるか——ケンゴーは事前に「観る」ことができる。


だからディスペルはできずとも、その軌道上に魔力の障壁を置いておけばよい。

それも耐火に特化し、且《か》つ必要最小限のサイズに抑えることで防御力の密度を高めてだ。

この即興アレンジを施すことで、ケンゴーは「神威の炎」を完璧《かんぺき》に食い止めてみせる。

実はその気になれば、雨空という天候の力まで障壁に取り込んで、耐火能力をさらに一段、高めることもできた。が、その必要もなかった。

「そんな……っ」

今度はアレスが瞠目絶句する番だった。

〝赤の勇者〟も悟ったであろう。

如何《いか》に「破邪の力」を以ってしても、カーマンの裏方に回って後方支援などと手温い使い方をしている限りは、ケンゴーには一ミリも通用しないことを。

「降伏しろ。……いや、して欲しい。赦したいという意思が、余にまだ残っているうちに」

激情を堪《こら》えるようにして告げるケンゴー。

だが押し殺した声音の端々から、瞋恚《しんい》の炎がチロチロと見え隠れした。


そんな魔王の庇護《ひご》をリモーネとともに受け、サ藤は、

（ああ、ケンゴー様……いと穹《たか》き僕たちの魔王陛下……！）

感嘆と感激を禁じ得なかった。

ケンゴーは両勇者の猛攻をあっさりと封殺し、その間も魔法によるサ藤の治療を続けている。

逆に言えば、治療の片手間で両勇者をあしらってみせたのだ。

それがどれだけ凄まじいことか、サ藤にはわかる。

魔界随一の術巧者だからこそ、わかりすぎるほどにわかる。

ケンゴーは涼しい顔してやっているが、とんでもない！

「リモーネを守りながら戦う」というハンデを抱えたことで、サ藤は両勇者にまるで敵《かな》わず、
今わの際まで追い詰められる羽目となった。

一方、ケンゴーは「サ藤とリモーネを守りながら」、加えて「魔力をバカみたいに食う回復

魔法でサ藤を治療しながら」というシチュエーションで戦っている。

それこそ、今いるその場から一歩たりとも動けないという、サ藤の比ではないハンデを強《し》いられている。

にもかかわらずケンゴーは、解呪魔法と防御魔法を駆使することで、いとも容易《たやす》くカーマンらを圧倒してみせた。

しかも魔王として生まれ持った莫大な魔力頼りというよりかは、技術に裏打ちされた工夫や魔法のコントロール能力が光る。

まさに玄妙。いや、神妙か。

結果として同じ防戦一方という状況でも、サ藤のそれは屈辱的なジリ貧状態だったのに、ケンゴーのそれはただ専守防衛だけで両勇者どもに格の違いをわからせるほど。

(僕は……というより、ほとんどの魔族は伝統的に攻撃魔法を重視し、防御魔法のことはバカにしがちだけれど……)

今のケンゴーの泰然自若たる戦いぶりを見て、どこに軽《かろ》んずる要素があるだろうか。

むしろ感じ入るばかりではないか。

(神聖不可侵という言葉は、まさにケンゴー様のためにあるのかもしれない)

半身となり、右手に王杖を構え、左手で治療を続け、戦うその魔王然たる勇姿が、サ藤の目にはますます眩《まばゆ》い後光が差して見えるばかり。

「降伏はできない！　僕たち勇者には、魔王を討つ使命がある！」

アレスが叫んだ。

〝光の勇者〟を後方から支援するのではなく、自らも前へと突進してきた。

「誰が降伏などするものかよ！　この三十余年、なんのためにワシが生き永らえてきたか！」

カーマンがわめき散らした。

無事な左手で鋼の剣を振り上げ、体重全てを載せるように打ち込んできた。

ケンゴーはそれを右手一本、王杖の柄で受け止め、またも鍔迫《つばぜ》り合《あ》いのような体勢になる。

「ふぐっ……おおおぉぉぉぉぉぉぉぉ……！」

全力で刀身を押し込もうとするカーマンの形相が、至近距離にある。

こちらをにらみ、復讐で血走る双眸《そうぼう》が眼前にある。

「……そうか。残念だ。本当に、いつもいつも」

怒りを押し殺していたケンゴーの声音が、一瞬だけ、哀愁を帯びる。

小雨で前髪が額に張り付く。

これだけ実力差を見せつけても、戦いは終わらない。

ならば、続けるしかない。

アレスがより至近距離から、より収束させて威力を高めた神威の炎を撃ち放ってきた。

ケンゴーはそれを耐火特化の障壁で、同じく阻もうとした。

ところがカーマンが再び魔法の義手を顕現させ、光の剣を振るった。

ケンゴーはすかさず義手をディスペルするが、その刹那《せつな》のタイムラグを利用し、カーマンは魔力障壁を両断した。

おかげで神威の炎を食い止めることができず、ケンゴーの腹へ甲冑《かっちゅう》を貫通して直撃した。

皮膚と肉を強《したた》かに焼かれ、ケンゴーは苦悶で顔を顰《しか》める。

だが、それだけだ。別に致命傷ではない。

いいいいいいいいい。

すぐに回復魔法で全治させた。

「あああ……」

それを見たアレスの表情が、戦慄《せんりつ》で染まる。

当意即妙の連携が決まり、ようやく魔王に一撃を、それも痛撃を与えられたと思ったのに、それさえ全くの徒労にしかならないと知り、今度こそ実力差を思い知ったのだ。

しかし、復讐に駆られるカーマンは物ともしない。

鍔迫り合いの状態から一度、間合いを切ると、

「ガアアアアアアアアアアッッッ」

獣のように吠え猛り、滅多やたらに鋼の剣を振り回してくる。

ケンゴーの王杖で受けられようと構わない、柄ごと叩《たた》き折ってやろうとばかりの気迫。

だが、いくら乱打されても王杖はびくともしない。

逆にケンゴーは「ぬん」と右腕に力を込めて真一文字、穂先で斬り裂くように振るう。

その横薙《よこな》ぎを、カーマンは咄嗟に剣を引いて、受け流すことに成功させる。

だが代償の如く、刀身が半ばで断ち切られている。

凄まじいばかりの切れ味に、さしものカーマンも目を剝《む》いた。

この王杖は、魔界の至宝。

かつて〝暗黒絶対専制君主《ダークリヴァイアサン》〟と畏敬《いけい》された、偉大な魔王の遺骨と血を素材とした魔遺物《レリキアエ》だ。

攻撃魔法の類《たぐい》を全く修業していないケンゴーだが、この霊槍ならば余りある魔力を注ぎ込んでやるだけで自動的に、極めて効率的に破壊の力へ変換してくれる。

斬る、刺す、叩く、自由自在。

その強力な武具を以って、カーマンへさらに一撃を見舞う。

ヘタレチキンのケンゴーが、断固として。

威風、辺りを払うが如く、〝光の勇者〟の脇腹を打ち据える。


ただの高校生だったケンゴーが、なんの因果か魔王に転生してしまって十六年――

権力者たるものは、「綺麗事ではすませられない状況」と、「綺麗事だとわかっていても、やらなくてはならない状況」の、判断と使い分けが重要なのだと痛感していた。

例えば現在、魔界と人界（及びそのバックにつく天界）は、生存競争の渦中にある。

だから平和主義者としては嫌で嫌で仕方がないが、戦わなくては滅ぼされてしまう。

人界征服を求める臣下や民意の突き上げも、ぶっちゃけ恐い。

第一、人族の方だって殺る気マンマンで、なかなか話に耳を貸してくれない。

これがケンゴーにとって、「綺麗事ではすませられない状況」だ。


その一方でケンゴーは、可能な限り穏当な形での世界征服を目指している。

いざ戦わなくてはいけなくなった時も、敵対者の心情や立場にまで配慮するべきだと、己へ課している。

相手が降伏するならいつでも応じ、それまでどんなに腹立たしい真似をされていたとしても、自分からは遺恨《いこん》を残してはならないと考えている。

今だってカーマンのような卑怯者に加担した、アレスについても思うところがある。あるが、アレスだって必死なのであり、またあくまで私欲ではなく使命感に衝《つ》き動かされ、勇敢に魔王軍に立ち向かっているだろうことを慮《おもんぱか》れば、理解と寛容を示すべきなのだ。

これが「綺麗事だとわかっていても、やらなくてはならない状況」だ。

魔王たる自分が率先垂範し、意識的にブレーキを踏まなければ、魔族に対する人族の憎悪や恐怖は永遠に消えず、膨れ上がる一方となるだろう。

それでは泰平の世など夢のまた夢。

どころか、いつか取り返しのつかない悲劇を生む羽目となり、ケンゴーは良心の呵責《かしやく》に耐えられず、悪夢《ゆめ》に見て魘《うな》されることだろう。

そんなの冗談じゃない!!


以上のことを踏まえた上で、ケンゴーはカーマンに対し、判断《ジャッジ》せざるを得なかった。

これは「綺麗事ではすませられない状況」だ、と。

彼にとて魔族を恨《うら》む理由はあるのだろう。そこは考慮する。

しかし復讐のためならば、幼く戦闘能力もない王女を平気で巻き込み、むしろ害することでサ藤を精神的に痛めつけてやろうと愉悦さえ抱く、そんな男までは赦すわけにはいかない。

決断するのは本当に嫌だし、恐いけれど――

身勝手なことを言っているのは重々、承知だけれど――

「――余の望む泰平の世作りに、貴様のような男は有害だ」

だからケンゴーは自ら王杖を手にとり、老勇者を打つのをやめない。

「おのれ、おのれ、おのれ、おのれ、どこまでもワシの復讐を阻む気かあああああああああッ」

カーマンの暗い怨念が、ケンゴーへ一身に注がれる。

〝光の勇者〟は半ばで断たれた鋼の剣をにぎりしめると、構わず純燐光を刀身へと宿らせる。

一撃必殺の「神威の光」で、魔王を滅さんと力を蓄える。

その間、一秒か。二秒か。

アレスも目に光を取り戻すと、せめてその時間を稼ごうとカーマンを庇い、前に躍り出る。

一方でそれはケンゴーにとっても、与えられた猶予《ゆうよ》に違いない。

サ藤の治療を一時中断することになるが、自分なら一秒もあれば《四重《クアドラブル》六芒障《ヘキサグラム》壁八陣《エイトフォールド》》

等々、極大防御魔法を展開できる。

いくら〝光の勇者〟の「破邪の力」が強力とて――先ほどサ藤に使ったみせた、あれが全力なら――十中八九は防ぎきる公算がある。

だがケンゴーはヘタレチキンだ。

ゆえに危険な橋は極力、渡らない。

十に一つも負けのある博打《ばくち》なんて、恐くてやりたくない。

当然、必勝の準備をしてきた。

叫んで、呼ぶ。


「ルシ子ぉ！」

「わかってるわよ！」

横柄《おうへい》な応《いら》え。

遥か上空に待機していた乳兄妹《ちきょうだい》が、背中から一対の光の翼を広げて真っ逆さまに、とんでもないスピードで中庭へ降下してくる。

「次から次へと――まとめて、くたばれやあああああああっ!!」

わずかに遅れて、カーマンが折れた刀身から「神威の光」を突き放つ。

委細構わず、ケンゴーもルシ子も諸共に葬ろうとする。

迸る一条の烈光。

だがルシ子はその行く手に敢然と立ちはだかると、

「こんな児戯《じぎ》で？　冗談でしょ！」

傲慢《ごうまん》なまでの優雅な仕種《しぐさ》で右手を振って、魔法陣を展開した。

それで「神威の光」を受け止め――真《ま》っ直《す》ぐに反射した。

ただ防ぎきるだけでなくカウンターに変えて、「破邪の力」を突き放った格好のカーマンへ撃ち返したのだ。

大魔族ですら必倒させるその威力がそのまま老勇者に撥ね返り、剣とともに伸ばされていた左腕を根元から綺麗に消し飛ばす。

光属性を苦手とする魔族の中において、反則的に光の魔力を操るのに長《た》けたルシファー家の正統だからこそ為《な》せる業である。

「ぐっ……ぬううっ……」

かつて先代サタンに右腕を奪われ、今また当代ルシファーに左腕をもがれ、老勇者がうめく。

こうなってはもう戦う術《すべ》があるまい。

光の義手で補おうともそのたび、ケンゴーが何度だって解呪してみせる。

「お退《ひ》きあれ、カーマン殿！　ここはお退きあれ！」

またもアレスが庇うように前に出て、神威の炎を連発してくる。

しかし、それもケンゴーが防御魔法を駆使して、尽く障壁で阻む。

その攻防が繰り広げられる間にも、カーマンはじりじりと後退《あとずさ》っていく。

(悪いが、そうはさせん)

投降ならばともかく、ケンゴーにこの復讐鬼を逃がすつもりはない。

ケンゴーは乳兄妹に目配せを交わし、ルシ子が追撃に出ようとする。

が、

「天よ、慈悲を！　どうか、この老骨に賜《たまわ》りたし!!」

カーマンがいきなり、雨空へと向けて叫び出した。

普通に考えれば戯言《ざれごと》の類だ。一笑に付すべき台詞だ。

しかしケンゴーはヘタレチキンであるがゆえに、最大限に警戒する。

事実、天へ向かって慈悲を乞い続ける老人の頭上、宙の一点が突如として輝き出すや、ごく小さな何かが虚空より顕現した。

涙滴状の、透明な宝石だった。

ケンゴーは知らなかったが、ヴァネッシア姫が大天使より授《さず》かった、「慈悲の涙」である。

だが知識などなくとも、ただの石ころではないことは、解呪を究めたケンゴーの「眼」には明らかだった。

その小さな宝石の中に、尋常ならざる量の術式が凝縮されていた。

一目見ただけで、ケンゴーは総毛立つ想《おも》いだった。

「ルシ子！」

「おっけ！」

ほとんど脊髄反射的に、乳兄妹の名を呼ぶ。

サ藤らを守るためその場を動けず、神威の炎の処理に煩《わずら》わされているケンゴーに代わって、ルシ子が阿吽《あうん》の呼吸で衝撃魔法を放つ。宝石を砕こうとする。

だが、それでも半瞬、間に合わなかった。

ルシ子の衝撃魔法は空振り。天が流した涙の如き宝石は高速で落下していくと、仰《あお》いでいたカーマンの口中へと呑み込まれる。

途端――宝石に封じられた術式が、勇者の体に流れる天帝の血と反応した。

それは極めて爆発的で、暴力的な作用を引き起こした。

カーマンの命を燃やし尽くしながら、空恐ろしいほどの破壊の力を生み出し、周囲へ無差別に撒き散らそうとしていた。

要するに、自爆だ。

カーマンはただ復讐を果たすため、己の身命はおろか、ともに戦ったアレスとその仲間たち、さらには無辜《むこ》の者らが大勢の王宮さえも巻き込んで、一切合財《いっさいがっさい》を消し飛ばそうとしているのだ！

「おおお……滾《たぎ》る！　漲るッ！　我が内より溢れ出るッッッ！　これが慈悲の御力か‼」

カーマンは己が肉体が爆散するその瞬間まで、満足げに哄笑《こうしょう》していた。

「冗談じゃねえ！　ンンンンな自己陶酔に巻き込まれて堪《たま》るか！」

ケンゴーはヘタレチキンだからこそ、心の底からそう叫んだ。

そして、最大限の警戒を怠らなかった彼は、既に極限の集中状態に入っており、独自の解呪魔法の奥義を以って、「慈悲の涙」を構成する術式世界《ゾーン》へと突入した。

それは白一面の小宇宙《せかい》。

ただしあちこちに、見る見るうちに亀裂が走り、今にも崩壊しつつあるのがわかる。

この術式世界が完全崩壊を起こした時、現実世界では大爆発が起こるのを窺《うかが》わせる。

そして、精神体としてゾーンに入り込んだケンゴーが、見上げたその先——

遥か上空に何者かがいた。

左右非対称、七枚の翼を持つ大天使だ。

彼らに性別はなく、身体《からだ》にも性徴が存在しないが、顔立ちは女性的で美しい。

ケンゴーはその名を知らなかったが、「慈悲」を司るミ・セ・リコ・ルディアの姿だった。

「またおまえらの仕業かよ！　人間に自爆テロなんざやらせて、罪の意識はないのかよ！」

ケンゴーは思わず声を大にして、糾弾《きゅうだん》せずにいられない。

転生前に抱いていた「天使」のイメージと反して、この異世界《フォーミラマ》では会う奴《やつ》、会う奴、悪辣極まりない天帝の使いたちに、堪忍袋の緒が切れるのもこれで何度目か。

「罪の意識などあるわけがありません。光の勇者を自爆させるのも、周辺一帯の人族を巻き込むのも、全て私の慈悲なのですから」

「なんだと⁉」

ぬけぬけとほざくミ・セ・リコ・ルディアへ、ケンゴーはますます嫌悪感を覚える。

なお今、自分が目にし、会話しているこの存在は、本物の慈悲の大天使ではない。

ケンゴーの解呪魔法の奥義、その要訣《ようけつ》は、「本来なら解読に数年、数十年かかるような複雑膨大な術式でも、自分に都合よく大雑把に脳内解釈すること」にある。

ゆえにこの大天使は、術式に込められたミ・セ・リコ・ルディアの魔力や癖《くせ》といった痕跡を、ケンゴーが脳内でざっくりと認識した結果、見えているイミテーションにすぎない。

またゆえに、本物のミ・セ・リコ・ルディアなら口が裂けても言わないであろう本音を、ケンゴーの「眼」がプロファイリングしたこの似姿は暴露した。

「天帝聖下が創造したもうたこのフォーミラマは、あまりに艱難辛苦《かんなんしんく》で満ち溢れています。病気、飢餓《きが》、暴力、貧困、迫害、あるいはもっと根本的な懊悩《おうのう》や不幸——人族はただ生きているだけで、数えきれない苦しみを日々、味わわされているのです。正直に言って、欠陥世界だとしか私には思えません。なればこそです。死によって衆生をこの穢土《えど》から解放してあげる私の行為は、慈悲以外の何ものでありましょうか?」

「自分勝手なことばっか言ってんじゃねえ!」

ケンゴーは憤懣《ふんまん》やる方ない想いで叫ぶ。

ミ・セ・リコ・ルディアが放言している間にも、全力全速で飛翔《ひしょう》し、突進し、天上でお高く留まったその顔へ、一撃を叩き込む。

強力な解呪の魔力の具現である右拳《みぎこぶし》で、術式の核の具現である「慈悲」の天使をぶっ飛ばす。

ただ一発で、ミ・セ・リコ・ルディアの上半身を消滅させる。

だが同時に、白一色の小宇宙《せかい》も完全崩壊へと至る。

いくらケンゴーほどのスペシャリストであっても、自爆魔法が発動するまでの刹那の間に、完全な解呪を成功させるのは土台、不可能な話だったのだ。

その効力、威力を半減させるのが限度だったのだ。

だが逆に言えば、半ばは削《そ》ぐことに成功した。

(残り半分、抑え込めれば……!)

現実世界で意識を取り戻したケンゴーは、間髪入れずに今度は防御魔法を用いる。

解呪の奥義に集中していたその間に、乳兄妹がまたも阿吽の呼吸で、爆発寸前のカーマンへドーム状の魔力障壁を覆い被《かぶ》せてくれていた。

ケンゴーもそこへ加勢し、二人の障壁で爆発を食い止めようとする。

否――

「僕にもやらせてください……っ」

サ藤が加わり、三人となった。

最前までケンゴーが魔法で治療していたのが功を奏し、隣まで這《は》いずってこられるくらいには回復していた。全魔力を生命維持に当てる必要もなくなっていた。

「気合い入れなさいよ、アンタたち!」

「……ルシ子さんに……言われなくても……」

「おおおおおおおおおお!!」

ケンゴー、ルシ子、サ藤――三人で並んで振り絞る。

懸命になって、「慈悲の涙」が引き起こした大爆発を抑え込む。

†

「ハハハ、こりゃまた絶景だぜ」

そんなケンゴーらの戦いぶりを見て、レヴィ山は評す。

思わず相好《そうごう》が崩れる。

場所は王都カーンの遥か郊外。

道端でアス美《み》とともにゴロ寝して、王宮中庭の様子を水晶球に映し出して観戦していた。

二人とも、魔力の大半を使い果たしている状態だ。

それぞれがケンゴーとルシ子を運んで、魔王城からここまで瞬間移動してきたためだ。

転移の魔法は移動速度という点では比類ないが、長距離移動をするのには向いていない。

目的地が離れれば離れるほど、必要な魔力が指数関数的に増えていく。

現在、ベクター王国にある魔王城から数百キロ、さしものレヴィ山らといえどカーンに届く前にガス欠を起こしたのだ。残る道程はケンゴーら自前の飛翔魔法で向かってもらったというい きさつだ。

「レヴィ山の申す通りじゃな」

水晶球を覗《のぞ》き込んで、アス美もまたころころと笑う。

ケンゴーの左右にルシ子とサ藤が並び、三人で強力な障壁を作り上げる、その勇姿。

「魔王陛下の両翼を、ルシファーとサタンが担って戦う――初代陛下の伝説を彷彿《ほうふつ》させるのう」

「ああ、まさに神代の光景と言って過言じゃねえ」

「良いものが見られた。眼福じゃ♪」

七大魔将同士で反目し、一枚岩になることなどなかったこの数千年間、まず滅多に見られるものではなかったろうに。

（ウチのレヴィアタンだって、けっこう特別な家門なんだけどねえ）

水晶球の中、ケンゴーの両脇を支えるルシファー家の姫将軍とサタン家の麒麟児の姿を見て、レヴィ山はぼやく。

「まったく、嫉妬《しっと》を禁じ得ねえよ」

†

そんな全幅の信頼を寄せられているとも知らず、ケンゴーは全魔力を障壁に注ぎ続けた。

自己評価の低いヘタレチキンだから、過剰なくらいに注ぎ続けた。

でもその甲斐《かい》あり、またルシ子とサ藤の頑張りもあり、「慈悲の涙」による大爆発を完全に抑え込むことに成功した。

ドーム状の障壁がカバーしていなかった中庭の地面には、でっかいクレーターが生まれたが。

（たす……かった……）

全身で呼吸をし、また顎《あご》を上げるケンゴー。

コヒュー、コヒュー、と情けない息が漏れる。

実際にはわずかの間だったとはいえ、魔法の集中と魔力の精錬、また恐怖や極度の緊張を強いられていたのだ。

周りの目がなかったら、へたり込みたいくらいだった。

すると、

「もっとシャキッとしなさいよ、ケンゴー！　アンタ、それでも魔王なわけぇ？」

「そういうルシ子こそ足に来てんぞ？」

乳兄妹がエラソーにふんぞり返りながらも、疲弊困憊《こんぱい》で両足をギャグみたいにガクガクさせている姿を見て、ケンゴーはツッコんだ。

一方、地面に横たわるサ藤の元へは、リモーネが駆け寄った。

「ご無事で何よりですわ、サ藤様！」

「馬鹿者。これが無事に見えるのか？」

千切れた左足がまだ膝の辺りまでしか再生していないサ藤は、立つこともできない。

小雨が降り止まぬ中、リモーネは自分が泥濘《ぬかるみ》で汚れるのも構わずに膝をついて、少年魔族の上半身を抱き上げる。

安堵し、糸が切れたように意識を失うサ藤を、愛《いと》おしげに見つめる。

その美しい光景にケンゴーは心を打たれて、

(良い友を得られたな、サ藤。そして、よくぞ守りきったな)

可愛い弟分の成長に目頭が熱くなった。

ところが、ルシ子が無粋なことを言い出して、

「そいえば〝赤の勇者〟一行の姿が見えないんですけどぉ。ドサクサで逃げてんですけどぉ」

「ファファ、相変わらず逃げ足の速い奴らよな」

以前、ベル乃《の》にボテクリ回された時もそうだった。

ケンゴーが助けに入ったのだが、気づいた時には自分たちだけソッコーで逃走していた。

まあ、それだけ実戦慣れしているというか、地球の軍人みたいに実際的な物の考え方をしているのだろうと、ケンゴーは鷹揚《おうよう》に思っている。

今回もまた寛容の精神で、

「見逃してやれ。あのアレスという男も、リモーネ姫を死守するサ藤の姿に思うところあってか、手心を加えていただろう?」

「なるほどね。それでお相子《あいこ》、貸し借りナシってわけ」

プライドたっけールシ子サンも、大いに納得してくれた。

そして、サ藤の治療に専念するため、場所を移そうとケンゴーが提案しかけた――その時、

『誠に残念ですわ。せめて一将、討ち果たせるかと思いましたのに』

中庭にヴァネッシア姫が、忽然《こつぜん》と姿を現した。

ただし、本物ではない。

どこか遠く安全な場所にいるのを、幻影魔法や通信魔法等を組み合わせて、本人像をこの場に投影しているだけだ。

ヴァネッシアは魔法の類を使えないはずだが、大天使の庇護《ひご》を受けているのだろう。

ケンゴーが「眼」を凝らすと、「慈悲の涙」に込められていた術式と同じ魔力や癖の痕跡が、この幻像から見て取れる。

ともあれ、人族を代表するこの聖女と会うのは久方ぶり。

美しさと可憐《かれん》さを完璧に同居させた顔《かんばせ》。

汚《けが》れ一つないかのような純白のドレスと肌。

清楚《せいそ》さをこれでもかと漂わせる長い黒髪。

見た目だけなら、相も変わらずケンゴーのドストライクだ。

しかし、この女がとんでもないサイコパスなのは、もう思い知っている。

『畏《かしこ》くも大天使様より慈悲を賜っておいて、この体たらく。カーマンの自己犠牲の精神は尊いものですが、信仰心の方が今一つ足らなかったということですわね』

嘆《なげ》かわしげに首を左右にするヴァネッシア。

尊いと言いつつ死者を腐《くさ》し、また老勇者に責任を転嫁することで天界の権威を擁護する。

ケンゴーはムナクソ悪く、反論せずにいられない。

「信仰心の多寡《たか》など問題ではない。所詮は天使の陰謀など、我らには通じぬということよ」

『申し訳ありません、通信魔法の調子がどうも』

ヴァネッシアはウッザいくらい白々しい顔で、聞こえないふりをした。

う～んこの。

それから一転、ヴァネッシアが好敵手を見るような眼差《まなざ》しを向けてきて、

『まあですがしかし、あなた方が強大な種族なのは事実。絶滅させるためには、わたくしたちの努力と信仰心がもっともっと試されるというわけですわね。それでこそ燃えますわね』

ケンゴーは心底うんざりし、そっぽを向いて、

「負け惜しみ言うために、わざわざ姿を見せたのか？」

『まあ！　うふふふ』

「ファファファファ」

魔王と聖女が、互いに空々しく笑い合う。

一頻《ひとしき》りそうしてから、

『ごきげんよう、魔王陛下。御身《おんみ》が一日も早くくたばりあそばしますように』

「さらばだ、ヴァネッシア姫。願わくばその不愉快な顔を、二度と見せないでくれ」

最後まで互いに毒づき合って、お別れした。

ヴァネッシア姫の幻像がスーッと消えていった。

ケンゴーもせいせいした。

今まで傍観していたルシ子も呆《あき》れ顔で、

「前にアンタから話に聞いてたけど、想像の百倍は憎たらしい女ね」

「な。あんな清らかそうな顔して中身ドクズなんだぜ」

「アンタが珍しく毒舌になるのも無理ないわ」

ヤレヤレと肩を竦《すく》めるルシ子。

ともあれ結論というか共有認識も生まれたことだし、あの女のことはもういいという空気に。

「ハァ〜疲れた、アタシ帰って寝よ」

「その前にサ藤の治療やろ。あとレヴィ山たちも回収しないとダメだろ」

「メンドッ!!」

「僚将《なかま》やろメンドイゆーな」

軽口を叩き合いながら、滾々《こんこん》と眠るサ藤の方へ振り返る。

そして、少年魔族を抱く少女へと、二人で手を差し伸べた。

エピローグ

「すごいですわ、サ藤《とう》様！　季節外れのビジュラがこんなに満開だなんて！　本当に綺麗《きれい》！」

「この庭一つ、丸ごと人造の空間だからな。気候を一定に保つくらい、わけはない」

「さすがは魔王陛下のお城ですわね。何もかも規格外ですわ」

「そうだろう、そうだろう。ケンゴー様に相応《ふさわ》しいお住まいだろう。そして、ケンゴー様に相応しいこのお庭の木を植えたのは僕（とルシ子《こ》）だ」

「まあ、サ藤様は造園までなさるのですね！　なんと多芸多才な」

「ケンゴー様の一の臣である僕の魔法技術を以《も》ってすれば、造作もないとも」

そんな四方山話《よもやまばなし》をしながら、サ藤とリモーネは「蒼華繚乱《ブルーブロッサムブルーム》の庭」を散策する。

光の勇者を返り討ちにし、ヴァネッシア姫を故国へ追い返してから、五日後。

バーレンサ国王に城下の盟を誓わせ、正式に魔界に併呑《へいどん》されることが決定した、その翌日。

サ藤が改めてリモーネを魔王陛下に紹介しようと思っていたところ、

「余に名案がある。であらばいっそもう一度、花見と洒落《しゃれ》込もうではないか。この間は途中で終わってしまったまま、余としても不完全燃焼だしな。それにおまえがせっかく植えてくれた木だ、リモーネ姫に見せてやるとよい」

とケンゴーの方から言い出して、招待するように命じられたのだ。

その魔王様と他《ほか》の魔将たち、及びシト音《ね》は先に宴会を始めている手筈《てはず》だった。

いや、そのはずだったのだが――

「ところでサ藤様？　あれは何をしてらっしゃるのでしょうか？」

「………………」

リモーネが指差した方を見て、サ藤は絶句させられる。

「マモ代《よ》！　よくもよくも卑怯《ひきょう》な真似《まね》で、吾輩《わがはい》の勝利に水を差してくれたな！」

「ほざけ、ベル原《はら》！　貴様こそ小賢《こざか》しい真似をして、恥とは思わないのか!?」


――と。


ベル原とマモ代が見苦しく、取っ組み合いをしていたのだ。

すぐ近くにはレヴィ山《やま》もいて、木の枝に寝そべって二人を見守っている。

恐らくは時空震撼《しんかん》バトルに発展しないよう（前回同様、花見が台無しにならないよう）監視
しているのだろう。

実際、ベル原たちの興奮ぶりはとんでもなく　互いに口角泡を飛ばし、

「黙らっしゃい！　先に薄汚い策を仕掛けてきたのはマモ代であろうが！　人族《サル》どもに《死を招きの髪飾り《シヲマネキ》》を与え、吾輩の骸骨《がいこつ》軍団を峡谷に誘導させて、奈落の底へダイブさせてくれた証拠は挙がっているのだぞ！」

「どの口が言うか、ベル原！　せっかく小官が地道に誑《たぶら》かして手駒に変えた要人どもを、貴様が洗脳魔法で片端から心変わりさせたせいで、小官の描いた侵略計画がご破算だ！」

「それの何が悪いか！　吾輩の担当ではないカフホス領内で、洗脳魔法を使ってはいけないというルールはなかったからな!!」

「悪いわ！　貴様の言う通り、先にルールの死角を突いて、他プレイヤーの妨害に走ったのは小官なのだぞ⁉　人のアイデアをパクるな、ベル原！」

「パクって何が悪いか論理的に説明してみろ！　めっちゃ『怠惰《らく》』であろうが！」

「貴様が恥を知る人間だったらば、勲功第一等はこの『強欲』のものだったのに！」

「それはこちらの台詞《せりふ》だよ、マモ代！」

――と。

聞くに堪《た》えない口ゲンカを交えながら、殴る蹴《け》るを続けるベル原とマモ代。

本来ならばステゴロなんて趣味じゃないだろうこの二人が、それだけ頭に血を上らせていた。

さもありなん。

二人とも己《おのれ》こそが一番に征服完了《ゲームクリア》することを、信じて疑っていなかったのだろう。

しかし、互いが互いをライバル視し、無限に足を引っ張り合うという泥仕合になった結果、マモ代もベル原も未《いま》だに征服の目途が立っていないという有様なのだ。

その間に、二人から雑魚《ざこ》扱いされてノーマークだったサ藤が、バーレンサを征服してゲームに勝利するという結果に終わったのだ。

その情けない結末の責任を、互いになすり付け合っているのだ。

「吾輩は貴様のことが昔っっっから気に食わなかったのだよ！」

「なにおう⁉　小官こそ百年前から貴様のことを唾棄《だき》しておったわ！」

「じゃあ吾輩は千年前からマモ代が嫌いだった！」

「そのころまだ貴様は生まれてなかっただろうが⁉」

「前世のころから嫌いだったという意味よ！　わかれよ！」

「ハハッ。前世があると信じているような妄想癖《もうそうへき》の頭の中身など、理解できるものかよ！」

――と。

もはや子どものケンカまでレベルを落とし、まだいがみ合うベル原とマモ代。

以前のサ藤なら、一顧《いっこ》だにもせず放置しただろう。

彼らの立場や心情にも関心なく、他人事《ひとごと》にしか思わなかっただろう。

（だけど——）

今のサ藤は僚将《りょうしょう》たちに歩み寄ると、自分からこう切り出した。

「今回はもうノーゲームということにしませんか？」

「「なんだと⁉」」

互いのボディにパンチを入れた格好のまま、首だけ振り返るベル原とマモ代。

「サ藤の口から出た台詞とは思えんが、雨でも降らせるつもりか？」

「まさか小官らを陥《おとしい》れんと、何か企《たくら》んでいるのではあるまいな？」

「心外ですね、どちらも違いますよ」

「ではどういう了見だ⁉」

「もったいぶらずに早く言えッ」

「実は僕、どうしてもゲームに勝ちたくて、ついケンゴー様にアドバイスを仰《あお》いでしまったんです。それでバーレンサを征服できたんですが……これって反則ですよね？」

「恐ろしいまでの反則だな！」

「ああ、身の毛がよだつほど卑劣な反則だ！」

別にケンゴーからアドバイスしてもらってはいけないというルールもなかったはずだが、マモ代とベル原は即レスで批難してきた。

「ですからまあ、僕の勝利は取り消しということで。しかし、今さら仕切り直しも野暮《やぼ》ですし、いっそ今回の勝負は始めからなかったことにしませんか?」

「そういうことであれば、吾輩に異存はない」

「小官としては**甚**《はなは》**だ不本意**だが、今回は**おまえの顔を立てて**やろう」

「いやサ藤よ、よくぞ自ら不正を申告してくれた。その勇気に吾輩は敬意を払おう」

「真剣勝負ゆえ、魔が差すのは致し方ないこと。だが、そのままで『良し』としないところが、さすがはサタルニア大公の気概といえような。まさしく真の矜持《きょうじ》よ」

自分たちの負けが帳消しになると知って、ニッコニコで調子のいいことを言い出す二人。

どころか超馴《な》れ馴《な》れしく両側から肩を組んでくる。

今の今まで大ゲンカしていた奴《やつ》らが。

だけどサ藤はもう、今までみたいに憤怒《いかり》もせず、

(こういう人たちなんだよ)

と、ドン引きしていたリモーネに向かって苦笑してみせる。

一方、木の上から降りてきたレヴィ山は、しげしげとサ藤の面《つら》構えを観察して、

「なんかおまえさん、ちょっとオトナになったか?」

「さあ?　そうだといいのですけれどね」

サ藤は本当に自覚なく――だが気負いもなく答えた。

マモ代らの一悶着《ひともんちやく》も収まり、今度こそサ藤はケンゴーのところへ赴く。

既に宴もたけなわ。

広げた敷物の上にはたくさんの酒や弁当が用意され、今上魔王の周囲にはルシ子、ベル乃《の》、アス美《み》、シト音という美姫《びき》たちが侍《はべ》り、なんとも華やかにしてにぎやかだった。

というか、かしましいなんてもんじゃなかった。

ルシ子がベル乃の口に何やら突っ込みながら、

「さあホラもっと食べなさいよ、ベル乃！　この卵焼き、アンタがどおおおおおおしても
アタシの手作り料理が食べたいって言うから、素材の吟味《ぎんみ》から始まって焼きの猛特訓まで、一昨日《おととい》から準備してやったんだから！　このアタシに感謝しなさいよね！」

「……美味《おい》ひい、美味ひい」

「山ほど焼いてきたから、シト音の分もあるわよ！」

「はい、ありがたくいただいております。ルシ子様は料理までお上手なのかと、感心しているところでございます」

「そうよ、もっと感謝しなさい！　アタシの腕前に平伏しなさい！」

「『そしてアタシと仲直りしなさい』――か？　もう少し素直に言えんのか、ルシ子や」

「いっ、言いがかりはやめてよね、アス美！　だだだだだ誰がシト音なんかと！」

「まったく、ぬしは調子のいい奴じゃ。『誰に何と言われようと、アタシはアンタらと馴れ合いなんかしないんだから!!』——とか大見得《おおみえ》切っておいて、どういう変心かのぉ?」

「べべべ別にケンゴーにとってアタシは頼れる乳兄妹《ちきょうだい》なんだって再確認できたから、シト音に対する精神的余裕ができて優しくしてあげようと思い直したわけじゃないんだからね!」

「『………』」

ルシ子らしい「傲慢《ごうまん》」をこじらせた頭の悪い発言に、シト音が困惑頻《しき》りの顔になり、アス美は呆《あき》れて半眼になっていた。

そしてルシ子は、やってきたサ藤に気づくと、

「アンタも早くこっち来なさい! アタシの卵焼き、食べなさい! アンタが好きそ〜〜な、甘〜〜い味にしてあげたし、こんだけあれば今度こそ取り合いにはならないでしょ!」

と彼女が指し示す方を見れば、卵焼きがギッシリ詰まった弁当籠《バスケット》が山積みにされている、冗談みたいな状態に。

サ藤はまたも僚将に苦笑させられながら、

「さっきのアス美さんの話を聞いて思いましたが、まさか僕とも仲直りをしたいと?」

「いっ、言いがかりはやめてよね! だだだだだだ誰がアンタなんかと!」

「ルシ子さんは本当に不器用ですね」

「サ藤にだけは言われたくないわよっっっ」

などと言い合っていると、周囲にいるアス美やシト音、後から来たレヴィ山やベル原らに大笑いされた。

しかしケンゴーもまた愉快そうに、屈託《くったく》なく笑っていたので、サ藤はよしとした。

そのケンゴーへ、隣に立つリモーネを改めて紹介する。

「仰《おお》せに従い、お連れいたしました。バーレンサ王国の末姫、リモーネでございます」

「このたびはこのような楽しい宴《うたげ》にご招待いただき、誠にありがとうございます、魔王陛下」

リモーネも両足を前後させ、中腰気味に頭を下げる、人族式の最敬礼をとる。

「よいよい、そう畏《かしこ》まるな。サ藤の友人ならば、それは余にとっても同様である」

「ご寛大なる御言葉、ますます感謝に堪えませんわ」

鷹揚《おうよう》の態度で微笑《ほほえ》みかけるケンゴーに、リモーネもやや恐縮気味でさらに頭を下げる。

「なんの。感謝というなら余の方こそ、そなたにしておるのだ。リモーネ姫」

ケンゴーは頭を上げるようにジェスチャーし、またリモーネの両肩に手を置くと、

「人界の王族らを知るたび、会うたび、ゲンナリするような人間性の輩《やから》ばかりでな、いい加減、悲観気味だったのだ。特に最初に会ったヴァネッシア姫が**一番アレ**だったしな。だから、そなたのような真っ当な姫君もちゃんといることが知れて、余は喜んでおるのだ」

決して社交辞令などではなく、実感のこもった口調で告げた。

ますますリモーネを恐縮させた。

しかしサ藤としては、どうやらケンゴーがこの少女のことをお気に召したらしいと知れて、一安心。

「いずれバーレンサの統治が軌道に乗った後、このリモーネを代官なり適切な地位に就けて、人族どもの間接支配を任せるのはどうかと、僕としては愚考しております」

「うむ、うむ、よいではないか！」

ケンゴーは即座に快諾《かいだく》してくれた。

またしばし考えた後、

「そうだな……ついてはサ藤、おまえもリモーネ姫を手助けしてやるがよい。その体制が上手《うま》くいった暁《あかつき》には、バーレンサの領土はおまえに与えよう」

「「「おお……！」」」

魔王陛下の宣言に、周囲からどよめきが起こる。

「あ、あり、あり、ありがたき幸せでしゅっ」

サ藤もまた感激に打ち震え、いつもみたいに噛《か》み噛みになる。

蛮族どもの暮らす僻地《へきち》など実はどうでもよいが、他ならぬケンゴーに勲功を認められたことがうれしくてならなかったのだ。

また他の魔将らも納得顔だったが、一人マモ代だけ、

「我が陛下《マインカイザー》――かの地をサタルニア大公国の属領とするのは結構ですが、飛び地を経営する

のはなかなか骨の折れる仕儀にございまする」

とさも忠言するふりをして、レヴィ山も真《ま》っ青《さお》の「嫉妬《しっと》」丸出しで異を唱える。

「であればこそ、二人で協力せよと言っておるのだ」

しかし、ケンゴーは意に介さなかった。

左手はリモーネの肩に載せたまま、右手でサ藤の肩を抱き寄せ、二人をくっつけるように。

「できるな、サ藤？」

「はっ、はいっ！　ケンゴー様の勅命《ちょくめい》とあらば！」

「すぐにキレたりせず、リモーネ姫と末永く仲良くやるのだぞ？」

「も、もちろんでございますっ」

「ゲームは終わったからな？　余とてもうずっとは見守ってやれぬぞ？　ごく稀《まれ》に様子を見てやるだけだぞ？　具体的には月に一度……いや半月に一度……いや十日に……いや週一……いや、やっぱ日に一度で——」

「どこまでサ藤を甘やかすつもりよ！」

「ぬう……」

乳兄妹にツッコまれ、ケンゴーが難しい顔になってうなった。

そのやりとりがリモーネはよほどおかしかったのか、耐えきれない様子で忍び笑いを漏《も》らす。

かと思えば、

「ご心配要りませんわ、ケンゴー陛下。サ藤様にはわたしがついておりますもの」

リモーネはそう言って、下がったサ藤の左手をぎゅっとにぎってきた。

サ藤もユーモアだと理解しながら、

「冗談じゃない。僕が君についていてあげるんだ。間違えないで欲しい」

そう言って、リモーネの手をぎゅっとにぎり返した。

あとがき

皆様、お久しぶりです。あわむら赤光《あかみつ》です。

四巻も手にとっていただき、本当にうれしいです。


そして、皆様の応援のお陰をもちまして、コミカライズ企画が進行しております。

ありがとうございます！

とってもステキな漫画家様にお引き受けいただいて、拝見した一話のネームも魔将たちがワチャワチャしててとても楽しくてと、語りたいことといっぱいなのですが、まだ具体的なことは言っちゃダメって編集部さんのお達しなので、お口にチャックします。

なのでまだふわっとしたことしか言えないのですが、どうか皆様お楽しみに。

かく言う僕も、ものすごく楽しみにしております！


それでは謝辞のコーナーです。

まずは健康的な女の子の魅力満点なベル乃を描いてくださいました、イラストレーターの

kakao様。実は今巻、ベル乃回って感じ皆無なのですが、kakao先生のベル乃表紙をどうしても拝見したくて依頼してしまいましたゴメンナサイ！　でもその期待を遥かに超える素晴らしい表紙イラストをいただけたので後悔してませんゴメンナサイ！

ベル乃回を期待していた読者様も、もしいらっしゃいましたらゴメンナサイ！

担当編集のまいぞーさん。原稿いつも遅くてゴメンナサイ！

ＧＡ編集部と営業部の皆さんには引き続き今シリーズのお引き立てのほど、よろしくお願いいたします。コミカライズ企画も決まりましたし何卒！　何卒！

そして、勿論、この本を手にとってくださった、読者の皆様、一人一人に。

広島から最大級の愛を込めて。

ありがとうございます！

五巻の展開、実はちょっと迷ってます。書きたいことが多すぎて、でも何をどう描くのが一番読者さんに喜んでもらえるかなって、まだ検討中ですゴメンナサイ！

ファンレター、作品の
ご感想をお待ちしています

〈あて先〉

〒106－0032
東京都港区六本木2－4－5
ＳＢクリエイティブ（株）
GA文庫編集部 気付

「あわむら赤光先生」係
「kakao先生」係

本書に関するご意見・ご感想は
右のQRコードよりお寄せください。

※アクセスの際や登録時に発生する通信費等はご負担ください。

https://ga.sbcr.jp/

転生魔王の大誤算 4
～有能魔王軍の世界征服最短ルート～

発　行　　2021年10月31日　初版第一刷発行
著　者　　あわむら赤光
発行人　　小川　淳

発行所　　SBクリエイティブ株式会社
〒106－0032
東京都港区六本木2－4－5
電話　03－5549－1201
03－5549－1167(編集)

装　丁　　AFTERGLOW

印刷・製本　中央精版印刷株式会社

ISBN978-4-8156-1259-7
Printed in Japan　　GA文庫